光文社古典新訳文庫

戦う操縦士

サン=テグジュペリ

鈴木雅生訳

kobunsha classics

光文社

Title : PILOTE DE GUERRE
1942
Author : Antoine de Saint-Exupéry

目次

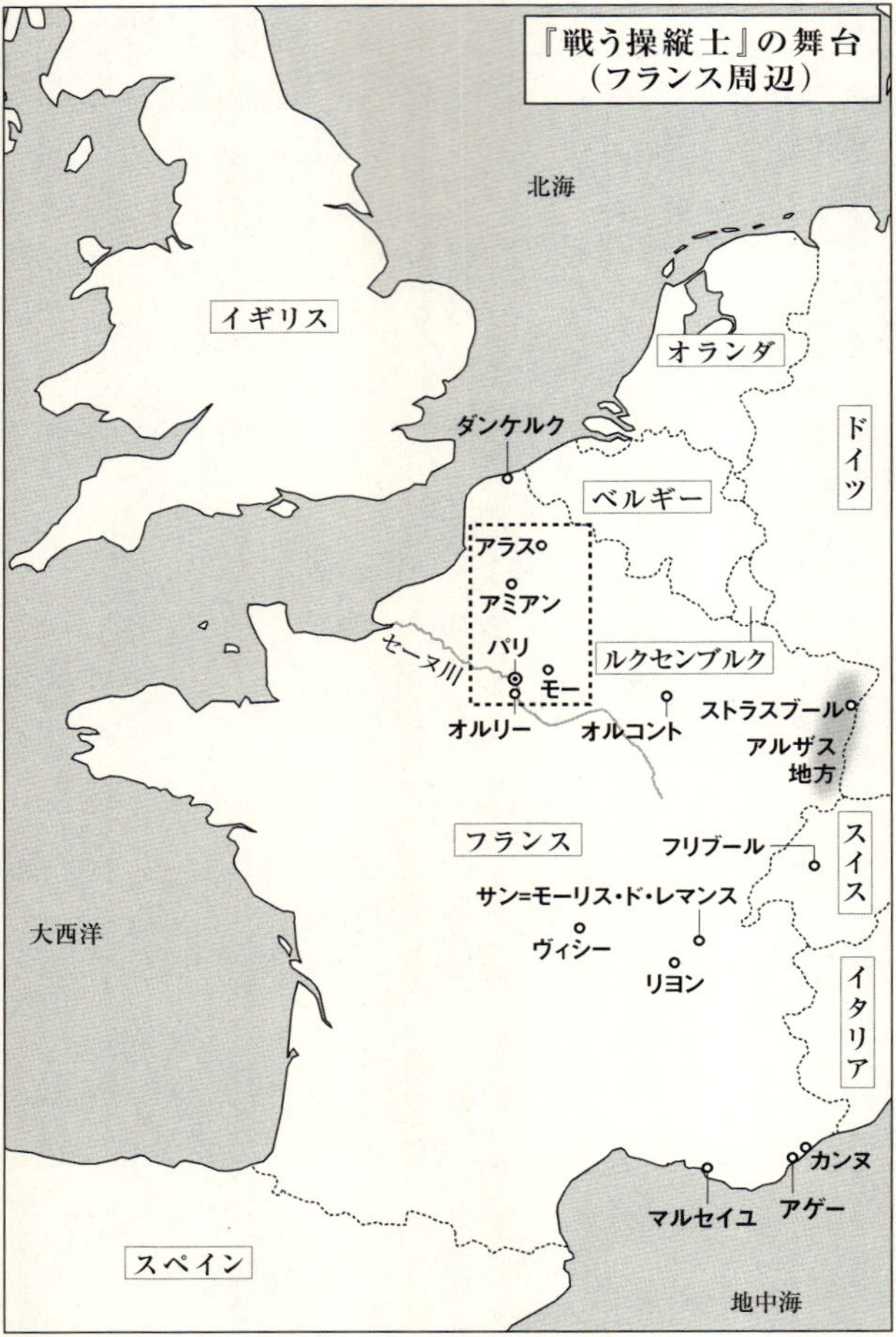
『戦う操縦士』の舞台
（フランス周辺）
北海
イギリス
オランダ
ドイツ
ダンケルク
ベルギー
アラス
アミアン
パリ
セーヌ川
モー
ルクセンブルク
オルリー
オルコント
ストラスブール
アルザス
地方
フランス
フリブール
スイス
サン=モーリス・ド・レマンス
大西洋
ヴィシー
リヨン
イタリア
カンヌ
アゲー
マルセイユ
スペイン
地中海

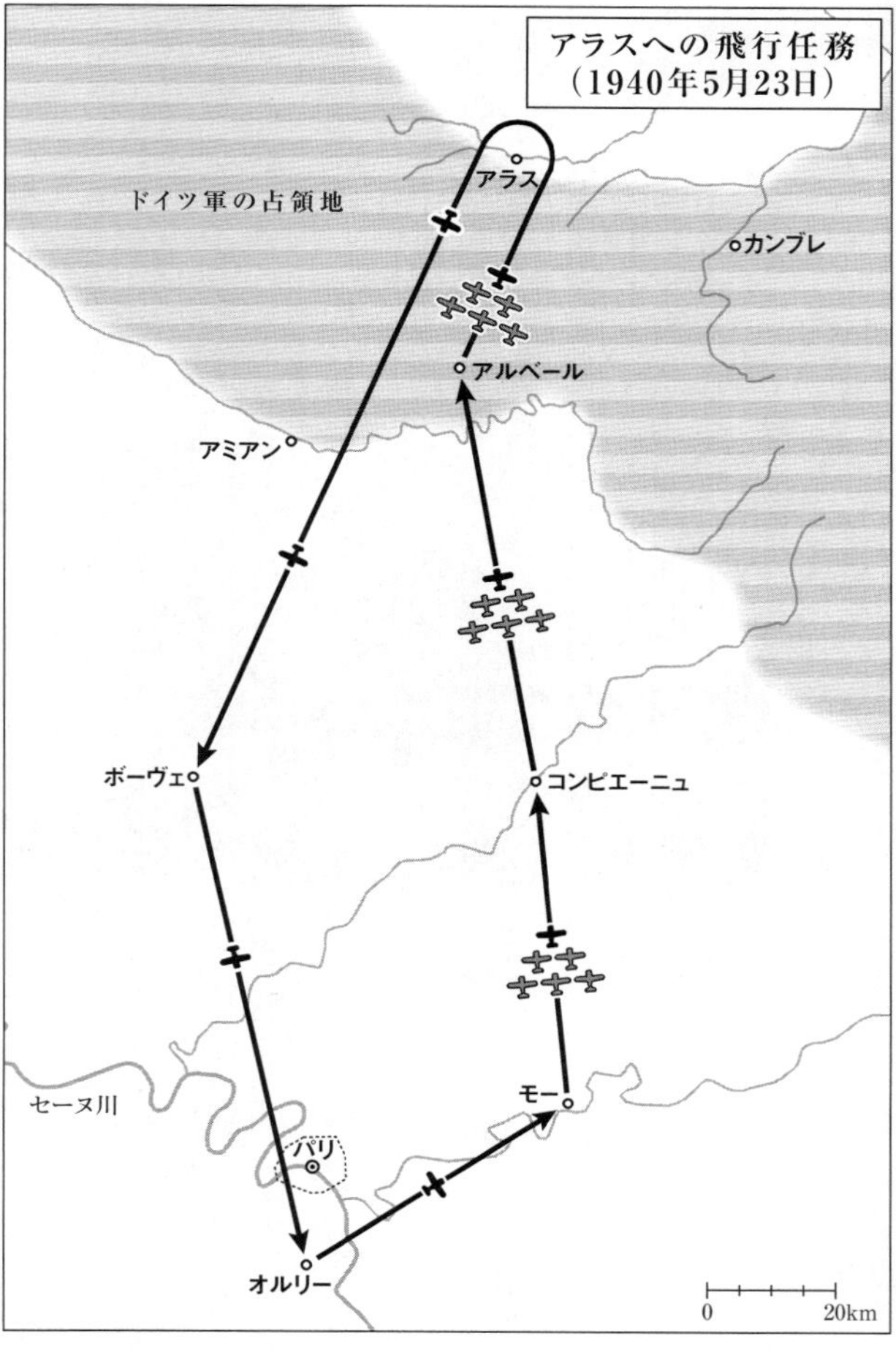
アラスへの飛行任務
（1940年5月23日）
ドイツ軍の占領地
アラス
カンブレ
アルベール
アミアン
ボーヴェ
コンピエーニュ
モー
セーヌ川
パリ
オルリー
0
20km

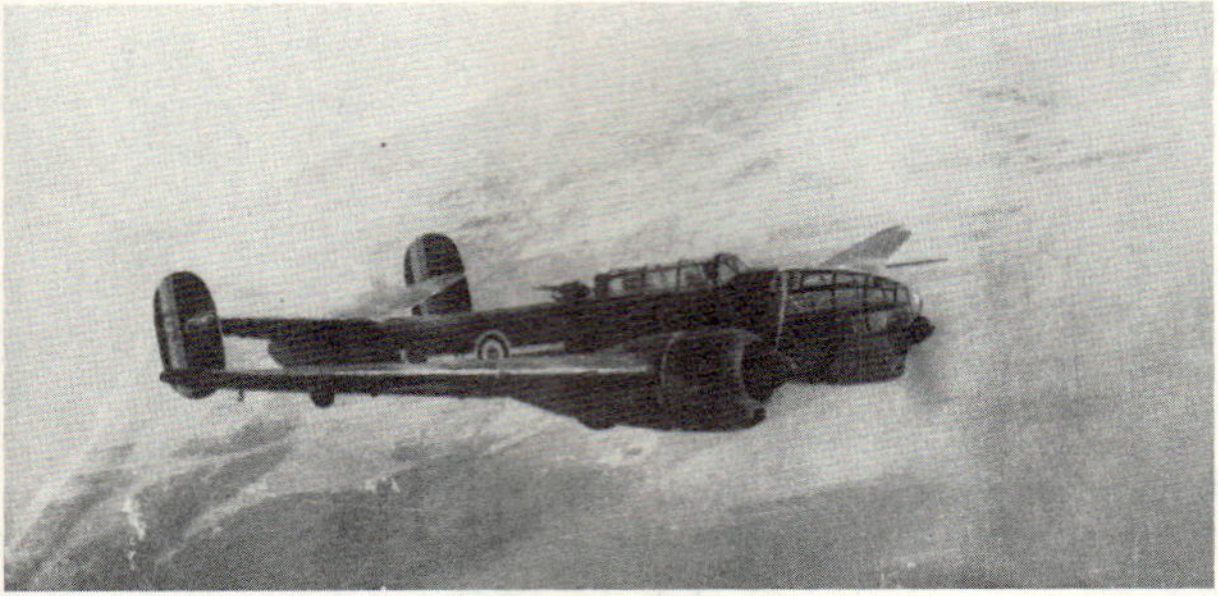

サン=テグジュペリが搭乗したのと同型のブロック174型機

戦う操縦士

アリアス少佐に、また、総司令部直属偵察飛行団所属二／三三飛行大隊のすべての戦友に、そしてとりわけ、一九三九年から一九四〇年にかけての戦争において、私が出撃する際に観測員としてそれぞれ交替で同乗してくれたモロー大尉、アザンブル中尉、デュテルトル中尉に捧げる――終生変わらぬ友として。

1

きっと夢を見ているのだろう。私は学院[1]にいる。いつの間にか一五歳に戻って、辛抱強く幾何学の問題を解いている。黒い机に肘をつき、コンパスと物差しと分度器をおとなしく動かして、黙々と一心に勉強している。そばには級友たち。小声で何かを話している。級友の一人は、黒板に数字を並べて計算している。それほど真面目でない連中は、トランプでブリッジ遊び。時折私は夢想にさらに深く浸りこんで、窓の向こうに目をやる。日差しのなかで静かに揺れる木の枝。それをいつまでも見つめている。私は散漫な生徒なのだ……。勉強机や白墨《チョーク》や黒板といった子供っぽい匂いをかぐのも心地よいが、この日差しを味わうのも心地よい。このなにものにも脅かされることのない子供時代に閉じこもるのはなんと楽しいのだろう！　だが私にはわかっている。まず子供時代があり、学院があり、級友たちの存在がある。その後にやってくるのは試験を受ける日だ。なにかの免状をもらう日だ。胸を締めつけられる思いで、どこかの玄関口から外へ出ていく日だ。その戸口を越えると、たちまち一人前の男となる。足は大地をずっしりと踏みしめるようになる。はやくも己の人生を歩みはじめているのだ。長い道のりの第一歩。ついに己の武器を実際の相手に対して試すことができる。物差し、三角定規、コンパス、こういったものを使って世界を打ち立てるのだ、あるいは敵に打ち勝つのだ。子供のお遊びはもう終わったのだ！

ふつうの生徒なら、人生と向き合うことを怖れたりしない。それは私も知っている。ふつうの生徒は待ち遠しくてうずうずしているものだ。大人の生活につきものの気苦労にも、危険にも、辛さにも、怖じ気づくことはない。

けれど私は変わり者の生徒だ。いまの自分の幸福を知っているから、そんなに急いで人生と向き合おうとはしない……。

デュテルトルが通りかかる。私は呼び止める。

「そこに座りなよ、カードで手品をしてやるから……」

そして私はデュテルトルの選んだスペードのエースを当てて悦に入る。

デュテルトルは私の前の黒い机に腰掛けて脚をぶらぶらさせながら、笑い声をあげる。私は控え目にほほえむ。ペニコがこちらにやってきて、私の肩に手を置く。

「なにしてるんだい？」

ああ、こういった夢想はみんな、なんと心に染みるのだろう！


と、生徒監督が（はたして生徒監督なのだろうか？……）扉を開けて、二人の級友を呼び出す。二人は物差しやコンパスをそのままにして立ち上がり、出ていく。残された者はその姿を目で追う。あの二人にとって、学校生活は終わった。人生のただなかに放たれるのだ。これまでに得た知識が役立つときがやってきた。大人たちと肩を並べて、これまで学んできた公式を敵相手に試すときがやってきた。それにしても奇妙な学院だ。一人一人順番に立ち去っていく。それもろくに別れも告げずに。出ていった二人は、われわれの方を振り返りもしなかった。だが、人生のもろもろの偶然によって、あの二人はおそらく中国よりも遠いところへ連れ去られることになる。途

1　サン＝テグジュペリは一五歳から一七歳のあいだ、スイス西部フリブールにある聖ヨハネ学院に寄宿生として在籍していた。

方もないはるか彼方にまで！　学院時代が終わると、誰も彼もが散り散りになってしまう以上、再会を誓うことなどできるだろうか？

後に残されたわれわれは、相変わらず孵卵器《ふらんき》のぬくぬくとした平和の内にとどまったまま、ふたたびひそやかなおしゃべりに戻る……。

「ねえ、デュテルトル、今晩……」

しかしそのとき、先ほどの扉がまた開く。陪審員の評決を思わせる厳かな声が耳に入る。

「ド・サン＝テグジュペリ大尉、デュテルトル中尉、隊長のもとへ」

学院生活は終わりだ。やれやれ、人生がまた始まるのだ。

「きみは知ってたのかい、今度は俺たちの番だってこと？」

「ペニコ大尉の組は今朝飛びましたから」

呼び出されたからには、出撃することになるのだろう。いまは五月の末、われわれは撤退につぐ撤退、敗北につぐ敗北のただなかにいる。搭乗員は次から次に犠牲になっている。それはまるで山火事を消すのに、コップの水を躍起になってかけているようなものだ。なにもかもが崩壊しつつあるなかで、危険だのなんだのと言っていられるだろうか？　総司令部直属の偵察飛行団に残っているのは五〇組、これでフランス全土を担当している。三人編制の五〇組、そのうちの二三組がわれわれの二／三三飛行大隊[2]の所属だ。この三週間で、その二三組のうち一七組を失った。われわれの隊は、溶けて流れる蠟のように、あっという間に減ってしまったのだ。昨日ガヴォワル中尉と話しているとき、私はこう口にした。

「そのことは戦争が終わってから考えようじゃないか」

するとガヴォワル中尉はこう返してきた。

「まさか大尉、戦争が終わるまで生きていられるなどとお考えじゃないでしょうね」

中尉は軽口を叩いたのではない。われわれにできることといったら、たとえそれが

2　フランス空軍の部隊名は、第二次世界大戦前は飛行大隊の番号とその所属連隊が並べて略記され、例えば「二／三三飛行大隊」は「第三三連隊第二飛行大隊」を意味していた。第二次世界大戦開戦後には連隊が解体され、各飛行大隊は配置転換のうえ航空団に再組織されたが、部隊名は以前のものがそのまま使用された。従って「／」につづく数字は所属する航空団と合致しなくなった。本作品で描かれるのは開戦後の時期であり、飛行大隊の部隊名は軍編成上の位置を示していないため、略号をそのまま用いて「二／三三飛行大隊」とした。

無駄な行為にすぎなくても火中に身を投じることだけだ、と誰もが承知している。フランス全土に対して五〇組。フランス軍の戦略のすべてが、このわれわれの双肩にかかっているのだ！　途方もなく大きな山火事が燃えさかっているのに、それを消すため犠牲にすることができるのは、わずか数杯のコップの水だけ。そんな場合でも、やはりなけなしのその水を犠牲にするはずだ。

それが当然なのだ。誰が不平を訴えようなどと思うだろう？　われわれの隊ではこれまでに「わかりました、隊長」「はい、隊長」「ありがとうございます、隊長」「了解しました、隊長」以外の返答が聞かれたことはない。しかし戦争も末期の現在、他のなににも増してひしひしと迫ってくるものがある。それは、馬鹿げている、という思いだ。われわれの周囲では、なにもかもが軋《きし》んだ音を立てている。なにもかもが崩れ落ちようとしている。崩壊はあらゆるものにおよんでいるので、死そのものさえもが馬鹿げたものに思えてくる。このような混乱のさなかでは、死までもが深刻さを失ってしまうのだ……。

デュテルトルと私は隊長のアリアス少佐の部屋に入る（少佐は現在もなお、チュニスで同じ二／三三飛行大隊を指揮している）。

「よく来てくれた、サン＝テックス、デュテルトル。まあ、掛けてくれ」

われわれは腰をおろす。隊長は机の上に地図を広げると、従卒を振り返る。

「気象情報を持ってきてくれ」

そう言うと鉛筆の先で机を軽く叩きはじめる。私は隊長を観察する。やつれた顔をしている。眠っていないのだ。どこにあるのかわからない参謀本部を探し、師団司令部を探し、旅団司令部を探して、一晩中車を走らせていたのだ……。交換部品を出そうとしない補給廠に掛け合い、途中でどうにも動きのとれない車馬の混雑に巻きこまれ、そしてさらには先ほどの撤収と設営の指揮をとったのだ。われわれはたえず基地を移している。執達吏の情け容赦ない取り立てから逃げ回る哀れな男のように、つねに居場所を変えている。そのたびにアリアス隊長は、われわれの航空機や車両や一〇トンにおよぶ資材を首尾よく救ってきた。だが、隊長の気力も体力も限界にきていることは、誰の目にも明らかだ。

「さて、用件だが……」

隊長は相変わらず鉛筆で机を軽く叩いている。われわれとは目を合わせようとしない。

「かなり厄介でね……」

そう言うと肩をすくめる。

「厄介な任務なんだ。だが司令部では是非にとのことでね。どうしてもと言って聞かないんだ……。こちらも反対はしたんだが、むこうは耳を貸そうとしない……。どうにもならんよ」

デュテルトルも私も、窓の先に広がる穏やかな空を見つめる。雌鶏の鳴き声が聞こえてくる。この指令室は農家に設けられているのだ。作戦室が設けられているのは小学校だ。初夏の日差しのなかでゆっくり熟していく果実、日に日に大きくなっていく雛鳥《ひなどり》、ぐんぐんと伸びていく小麦。私はこういったものを、間近に迫った死と対比してみようなどとは思わない。初夏の静けさと死とがどの点で相容れないのかなどと考えることもなければ、この穏やかさのどの点が皮肉めいているのかなどと考えることもない。ただ、ある漠とした思いにとらわれるだけだ。「この夏は調子が狂っている。故障しているんだ……」という思いに。いつだったか脱穀機がうち捨ててあるのを目にしたことがある。刈取機も放置されていた。道路脇の溝に取り残された故障車。見捨てられた村の数々。ある村では、人影ひとつないなか、泉があふれるままになって、あたりを水浸しにしていた。かつて村人たちが大切に手入れした澄んだ泉は、ただの泥沼に変わっていた。と不意に、まったく脈絡もなく、あるイメージが頭に浮かんでくる。壊れた時計のイメージだ。時計がひとつ残らず故障している。村の教会の鐘楼時計。停車場の大時計。主《あるじ》なき家の暖炉の上に残された置き時計。逃げ去った後の時計屋の店先には、命を失った掛け時計の遺骨の山。戦争なのだ……、時計のネジを巻く者はもういない。甜菜《てんさい》を収穫する者もいなければ、荷車を修理する者もいない。村に引かれた泉の水は、かつては渇きを癒したり、村の娘たちが晴れの日の大事なレースを洗ったりするのに使われていたのに、いまではあふれて、教会の前に大きな泥の沼を広げている。そして誰もがこの夏に死んでいく……。

隊長の言葉はまるで病人を前にしているときのようだ。この医者は私にいまこう言ったのだ。「かなり厄介でね……」さてそうなると、いざというときのために公証人のことを、そして後に残される者たちのことを考えなければ。デュテルトルと私には、隊長が言おうとしているのが、生還の見込みのない出撃のことだとわかっていた。

「現在の情況からすると、」と隊長は口を開く。「あまり危険を顧みてばかりもいられないんだ……」

その通り。「顧みてばかりもいられない」のだ。誰が間違っているわけでもない。われわれ二人が重苦しい気持ちになっているのも、隊長が気まずい思いをしているのも、司令部が命令を下すのも。隊長が渋い顔をしているのは、この命令が馬鹿げているからだ。そのことはわれわれ二人もわかっている。いや、司令部自身もよく承知しているのだ。司令部が命令を下すのは、命令を下さなければならないからだ。戦争がつづくかぎり、司令部というのは命令を下すものなのだ。命令は見《み》目《め》麗《うるわ》しい騎兵に託される。現代ならさしずめオートバイ兵といったところか。騎兵はそれぞれ混乱と絶望が支配する場へ赴くと、汗に濡れて湯気をあげる駿馬《しゅんめ》から颯爽と飛び降り、東方の三博士[3]を導いたあの星さながらに、《未来》を指し示す。《真理》をもたらす。命令が世界をふたたび立て直すのだ。

これが戦争というものの図式だ。色刷り版画に描かれる戦争の姿だ。そして誰もが、戦争を戦争らしくするために奮闘する。それも実に心をこめて。誰もがルール通りにゲームをやろうと努力する。そのようにしてはじめて、戦争が戦争らしくなるに違いない。

搭乗員を犠牲にする。明確な目的もなく搭乗員を犠牲にする。それも戦争を戦争らしくするためなのだ。誰ひとりとして、目下の戦争がなににも似ていないなどとは認めようとしない。この戦争では意味あるものはなにひとつない、どんな図式も当てはまらない、切れてしまった操り人形の糸をしかつめらしく引っ張りつづけているだけだ、などとは認めようとしない。司令部は次から次へと律儀に命令を伝えてくるが、その命令はどんな結果ももたらすことはないだろう。われわれに要求されているのは、収集不可能な情報なのだから。そもそも航空隊には、司令部に戦争を説明する任務を担うことなどできない。航空隊にできるのは、偵察飛行によって、司令部の仮説が正しいか否かを確認することだけだ。しかし今となってはもはや、その仮説そのものが存在しない。この戦争には顔もないのに、偵察飛行団の五〇組は、それがどんな顔をしているのか描いてみせろと要請されているのだ。司令部は占い師の一団に頼むかの

3 新約聖書において、星に導かれてキリストの降誕を祝うためベツレヘムにやってきた三人の博士のこと。「彼らが王の言葉を聞いて出かけると、東方で見た星が先立って進み、ついに幼子のいる場所の上に止まった。学者たちはその星を見て喜びにあふれた。家に入ってみると、幼子は母マリアと共におられた。彼らはひれ伏して幼子を拝み、宝の箱を開けて、黄金、乳香、没薬を贈り物として献げた」（新共同訳「マタイによる福音書」2章9～11節）。

ように、われわれに要請しているにすぎない。私はデュテルトルを見つめる。その占い師の一団の一人、一緒に組んでいる観測員だ。この男は昨日、師団の大佐にこう抗議したのだった。「地上一〇メートルの低空を、時速五三〇キロで飛行しながら、どのようにして敵軍の位置をとらえればいいのでしょうか？」――「いや、どこから攻撃してくるかはきちんとわかるはずだ。攻撃してきたら、そこがドイツ軍の陣地だ」「あとで腹を抱えて笑ったよ」そのやりとりを披露した後でデュテルトルは言っていた。

デュテルトルが笑うのももっともだ。われらがフランス軍の兵士たちは、友軍機なるものを一度も目にしたことがない。フランス軍の航空機は、ダンケルク[4]からアルザスにいたるまで、およそ一〇〇〇機が分散配備されている。分散配備、といえば聞こえはいいが、無限の広がりのなかに溶けてなくなっていると言った方がいい。したがって、前線の上空を疾風のように通りすぎる航空機があれば、それはドイツ軍機に決まっている。となれば、爆撃される前にそいつをなんとかして撃墜してやろうとなるのが当然だろう。だから飛行機の音が聞こえると、姿も見えないうちから、フランス軍の機関銃や速射砲が唸りをあげるのだ。

「まったく、あのやり方じゃあ、連中のお役に立つ情報がさぞかし集まるだろうよ」

デュテルトルはそうつけ加えた。

もちろん司令部はわれわれが持ち帰る情報を大いに考慮するだろう。戦争の図式においては、情報とはつねに考慮されるべきものなのだから。

もちろんそうだ。けれどもいまは、その戦争自体も調子が狂ってしまっている。

幸いにも、われわれが持ち帰る情報は一顧だにされないだろう。そのことは隊の誰もがよくわかっている。われわれにはその情報を司令部に伝えられるはずもないからだ。道路は身動きも取れないほど混雑しているだろう。電話は通じないだろう。司令部は緊急撤収してしまっているだろう。敵軍の配置についての重要情報は、敵自身が与えてくれるに違いない。数日前、まだ基地がラン付近にあったとき、こんなことがあった。敵軍の前線の推定位置について議論していたわれわれは、司令部と連絡をとるためにある中尉を送り出した。基地と司令部の中間地点にさしかかったところで、中尉の乗る車両は一台のローラー車に行く手をふさがれた。ローラー車の背後には二両の装甲車。中尉は引き返そうとした。しかし機銃掃射で中尉は即死、運転手は負傷。

4 フランス北部、ドーバー海峡に面した港湾都市。

装甲車はドイツ軍のものだった。

司令部というのは結局のところ、別の部屋からブリッジに参加している男のようなものだ。

「このスペードのクイーンをどうしたらいい？」

隣の部屋からこう尋ねられても、肩をすくめるだけだ。ゲームをまったく見られないのに、どう答えろというのか。

だが司令部は肩をすくめて済ますわけにはいかない。まだいくつかの部隊が手元にある以上、その部隊を掌握しておくためにも、一か八かに賭けてみるためにも、戦争がつづくかぎりは部隊を行動させる必要がある。たとえそれが軽挙妄動だとしても、行動しなければならないし、行動させなければならないのだ。

とはいうものの、あてもなくスペードのクイーンになにかの役割を与えるのは難しい。われわれがすでに知っているように、ひとたび崩壊がはじまれば仕事はなくなるのだ。このことがわかったとき、はじめのうちは驚いたが、後にはやがて、なぜこんな明白なことをあらかじめ予想できなかったのか不思議に思ったものだ。敗者というのはふつう、次々に押し寄せる問題に翻弄されたために、それをひとつずつ解決しようとして、歩兵も、砲兵も、戦車も、航空機も使い果たしてしまったのだと思われている……。しかし実際には、敗北によってまずさまざまな問題が見えなくなるのだ。もはやゲームのことはまったく見当がつかない。航空機をどう使ったらいいか、戦車をどう使ったらいいか、スペードのクイーンをどう使ったらいいか、わからなくなってしまうのだ……。

手持ちのカードに有効な使い途はないかと頭を悩ませたあげく、当てずっぽうにそれを卓に放ってしまう。不満ばかりがつのり、熱意はまるでない。熱意に包まれているのは勝利だけだ。勝利によって物事は組織される。勝利によって物事は築きあげられる。誰もが材料となる石を持って我先にと馳せ参じる。

それにひきかえ、敗北は人々を理不尽な思いに沈めてしまう。倦怠感に沈めてしまう。そしてなによりも徒労感に沈めてしまう。

そもそも、われわれに要請される出撃そのものが徒労だ。日を追うごとに徒労の度を増していく。凄惨さと徒労の度を増していく。命令を発する連中が、山が崩れていくのを食い止めるためにできることといったら、残っている手持ちの札を卓に放ることだけだ。

その手持ちの札がデュテルトルと私なのだ。われわれ二人は隊長の話に耳を傾けている。隊長は午後の飛行計画を詳しく説明する。まずは一万メートルの高度で長時間飛行、帰路は高度を七〇〇メートルに下げ、アラス方面の戦車集結地点を偵察。その声だけを聞いていると、まるでこう命じているだけのようだ。

「で、二本目の通りを右に曲がって最初の広場のところまで行くと、角に煙草屋があるから、そこでマッチを買ってきてくれ……」

「了解しました」

出撃といっても、役立つ度合いは煙草屋へお使いに行くのと大した違いはない。出撃を命じる口調にこめられた感情も、お使いを命じるときと大した違いはない。

私は自分に言い聞かせる。これは「捨て身の出撃」なのだ、と。私は思いをめぐらせる……、たくさんのことに思いをめぐらせる。もし生きていたら、夜になってからゆっくりと考えることにしよう。生きていたらの話だが……。容易な任務の場合は、三機に一機が帰還する。多少「厄介な」任務であれば、当然帰還はずっと困難になる。だがここ指令室にいるかぎりは、死は厳粛なものにも、荘厳なものにも、英雄的なものにも、悲痛なものにも思えない。それは混乱のひとつの徴《しるし》でしかない。混乱のひとつの結果でしかない。隊はまもなくわれわれを失うだろう。鉄道の乗換えの混乱で荷物を失うように、われわれを失うだろう。

もちろん私が、戦争について、死について、犠牲について、フランスについて、いま言ったものとはまったく別の考えを持っていないわけではない。ただ、いまの私には、きちんと考えるために必要な概念も、明晰な言語も欠けている。矛盾を通してしか考えられない。真実は千々に砕けてしまい、私にはそのばらばらになった破片をひとつ、またひとつと考察することしかできない。もし生きていたら、夜になってからゆっくりと考えることにしよう。愛すべき夜。夜になると理性は眠りこみ、ただ事物だけが存在するようになる。昼間の分析がもたらす破壊は去り、真に重要なものがまた形を取り戻す。人間は己の破片をふたたびつなぎ合わせて、静かな樹木の姿に立ち

5　フランス北部の町。一九四〇年五月、ナチス・ドイツはベルギー・オランダの国境を突破してフランス北部へ侵攻、パリから北へ一三〇キロのアミアンと一六〇キロのアラスのあいだに帯状に割って入りながら、海岸線まで軍を進めた。これにより北部海岸地域のフランス軍は内陸部から分断された。アラスはこの北部包囲網の端のフランス側最前線だった。

戻る。

昼間は夫婦の諍《いさか》いの時間だ。しかし夜になれば、いがみあっていた二人もまた《愛》を見出す。愛というのは、風のように通りすぎる言葉よりもずっと偉大だからだ。男は星空の下、窓辺に肘をつきながら、自分の責任をあらためて自覚する。すやすやと眠る子供たち、明日のパン、いまにも壊れそうなほどか弱くはかなげな様子でかたわらに安らぐ妻の眠り、そのすべてが自分にかかっているのだ。愛とは論じるものではない。そこにただ存在しているものだ。夜よ、やってこい。そして愛に匹敵するなにか明白なものを私に示してくれ。文明について、人間の運命について、わが祖国における友情の味わいについて私に考えさせてくれ。そして、ある絶対的な真実のために、いまはまだはっきり言い表し難いなにか絶対的な真実のためにこの身を尽くしたい、という気持ちを私に抱かせてくれ……。

現在の私は、恩寵《おんちょう》に見捨てられたキリスト教徒そのものだ。私はデュテルトルとともに、与えられた役割を誠実に演じるだろう。それは間違いない。けれどもそれは、神がすでにどこかへ去ってしまってもはや内実は失われているのに、古《いにしえ》の祭祀《さいし》を意味もわからないまま守りつづけているようなものだ。もし生き残ることができたら、夜になってから、この村を横切る国道を少し歩くことにしよう。愛しい孤独に包まれて歩けば、なぜ自分が死ななければならないのかわかるかもしれない。

2

私は夢想から引き離される。隊長が妙なことを言って驚かせるからだ。

「もしどうしても気が進まないのなら……、もし体調がよくないなら、こちらとしても……」

「いえ、大丈夫です、隊長」

この提案の馬鹿らしさは、隊長だって百も承知だ。だが、ある組が帰還しないとなると、出撃の際の重々しい表情が思い出されるものだ。あんなに重々しい表情をしていたのはなにかを予感していたからだろう、と考える。そして、それを気に留めなかったことを悔やむのだ。

隊長のこの躊躇《ためら》いを前にして、私はイスラエルのことを思い出す。一昨日、情報室の窓辺で煙草をふかしていると、足早に歩いていくイスラエルの姿が目に入った。赤い鼻をした男だった。実に大きなユダヤ人らしい鉤鼻《かぎばな》で、見事なまでに赤い。不意に私は、その赤い鼻に驚いたのだった。

いまさらのようにその鼻に目を奪われたイスラエルという男に、私は深い友情を抱いていた。われわれの隊のなかでも、一、二を争う勇敢な操縦士だった。勇敢さだけでなく、謙虚さでも一、二を争っていた。仲間がみんなユダヤ人の用心深さを言い立てたばかりに、イスラエル自身は自分の勇敢さを用心深さだと思いこんでいたに違いない。勝利をおさめるというのは、用心深くあるということなのだ。

さて、私はイスラエルの大きな赤い鼻をまじまじと見つめた。その鼻が目に飛びこんできたのは一瞬だけだった。イスラエルとその鼻を運んでいく足取りが速かったからだ。からかうつもりもなく、私はガヴォワルの方を振り返って言った。

「なんだってまた、あんな鼻をしてるんだろうね」

「お袋さんがあんな風に作っちまったんでしょう」

ガヴォワルはそう返したが、さらに言葉をつづけた。

「あいつ、これから出撃なんですよ。妙な低空偵察の任務でしてね」

「そうなのか」

その晩、イスラエルの帰還を待つのを諦めざるをえなくなったとき、私があの鼻を思い出したのは言うまでもない。まったくと言っていいほど感情をあらわさない顔の真ん中で、ある種の特殊な能力によって、このうえなく重苦しい気がかりを唯一表明していたあの鼻。もしイスラエルに出撃を命じなければならない立場だったら、あの鼻がいつまでも責めるように私につきまとったに違いない。たしかにイスラエルは出撃命令を受けても、「はい、隊長」「わかりました隊長」「了解しました、隊長」以外の返答をしなかった。顔の筋肉ひとつ動かさなかった。けれども鼻は、こっそり隙を狙って、静かに赤く燃えあがっていたのだ。顔の表情は抑えたイスラエルも、鼻の色までは抑えられなかった。鼻はそこにつけこんで、沈黙のなかで勝手に自己主張をした。イスラエル自身が気づかないうちに、鼻は激しい不満を隊長に表明していたのだ。

そのためだろう、なにかの予感に押しつぶされているように見える者を隊長が出撃させたがらないのは。予感というのはたいていの場合はずれるものだが、ひとたびそれに取りつかれると、軍事上の命令は刑の宣告のような響きを持つようになる。アリアス隊長は指揮官であって、裁判官ではない。

似たようなことが先日、T曹長の場合にもあった。

イスラエルが勇敢であるように、Tは恐怖に敏感だった。私の知るかぎり、真に恐怖を感じ取ることのできるただ一人の男だった。Tになにか軍事命令を与えると、この男は奇妙な眩暈《めまい》のようなものに襲われる。単純で抗《あらが》いようのないものがゆっくりとせりあがってくるのだ。Tは足の方から頭の方へと少しずつ硬直していく。顔からは一切の表情が拭い去られたようになり、目ばかりがぎらぎらとしはじめるのだった。

イスラエルの場合は、鼻がすっかり当惑しているように見えた。主《あるじ》であるイスラエルが死ぬかもしれないということに当惑すると同時にひどく苛立っているように見えた。それとは逆にTの場合は、決して内心が表にあらわれてくることはなかった。なにひとつ反応も示さないまま、それまでとは違う人間に変わってしまうのだ。Tに命令を伝えた後で気づくのは、こちらの話したことがこの男の内部に激しい不安の火をともしてしまったということだった。不安のせいでその顔は、平板な光に照らされたように、色を失いはじめる。そうなるとTはいわば手の届かないところへ行ってしまう。まわりの世界とTとのあいだに横たわる無関心の砂漠が徐々に大きくなっていくのが感じられる。Tをのぞいては他の誰のなかにもこのような放心状態を見たことがない。

「あの日、あいつを出撃させるべきではなかった」後に隊長は話したものだ。

隊長がその日出撃命令を伝えたとき、Tは顔面を蒼白にしただけではなく、ほほえみまで浮かべてみせた。なにも言わずただほほえみだしたのだ。死刑執行人がまさに最後の仕切りを越えて近づいてくるとき、死刑囚はきっと同じようにするに違いない。

「きみは具合がよくないようだな。代わりの者を出そう……」

「いいえ、隊長。自分の番ですから、自分がやります」

そう言うとTは直立不動の姿勢でまっすぐ隊長を見つめた。

「しかし、うまくいく自信がないのなら……」

「自分の番です、隊長。自分の番なのです」

「だがいいかね、T……」

「隊長……」

相手は頑として聞き入れない。

「そんなわけで出撃させてしまったのだ」アリアス隊長はそう結んだ。

その後に起こったことについては、満足な説明はついに与えられなかった。機銃員として搭乗したTは、飛行中、敵戦闘機と遭遇した。しかし、攻撃を受けるかと思った矢先、敵機は反転して引き返した。相手の機関銃が故障していたのだ。操縦士とTは味方の基地付近まで互いに言葉を交わし合っていて、操縦士が言うにはなんの異常も感じていなかったそうだ。だが、着陸まであと五分というところでTの応答が途絶えた。

日が暮れてからTの遺体が見つかった。頭蓋骨は尾翼に打ち砕かれていた。全速で飛行中というひどい条件のもとでパラシュート降下を試みたのだ。友軍の上空まできて、もはやなんの危険にも脅かされていないのに。敵戦闘機との遭遇が、否応なくこの行動に駆り立ててしまったのだ。

「では準備してくれたまえ」と隊長はわれわれに言う。「五時半には離陸するように」

「失礼します、隊長」

隊長は答える代わりに妙な手振りをする。なにかのおまじないだろうか。くわえていた煙草の火がいつのまにか消えているのに気づいて、私がポケットをむなしく探っていると、隊長は言った。

「どうしてきみはマッチを持っていたためしがないんだね？」

まったくその通りだ。隊長のこの言葉に送られて部屋を後にしながら、私は自問する。どうしてマッチを持っていたためしがないのだろう?

「今度の出撃、隊長は心配してるんですよ」とデュテルトルが言う。

それを聞いて私は思う。ふん、どうだか怪しいものさ。けれど、こんな風に八つ当たり気味に毒づいたのは、アリアス隊長に対してではない。私が腹を立てているのは、明白なのに誰も認めようとしないある事実、つまり《精神》の生活は途切れ途切れなものでしかないという事実に対してだ。《知性》の生活の方は切れ目なくつづく、あるいはほぼ切れ目なくつづく。したがって、どんなときでも私の分析能力はほとんど変化することはない。しかし《精神》というのは、分析によって得られた個々の事物を考察するものではない。それぞれの事物を相互に結びつけている意味を考察するものなのだ。もろもろの事物を通して浮かび上がってくるひとつひとつの顔を。けれども《精神》は、すべてを明瞭に見通しているかと思えば、なにひとつ見えなくなってしまうこともある。どんなに自分の土地を愛している者でも、もはやそこに雑多な事物の堆積しか見出せない時が訪れる。どんなに妻を愛している者でも、その愛情のなかに不安と苛立ちと束縛しか見えない時が訪れる。どんなにある音楽を愛している者でも、それを聞いてもなにも感じないときが訪れる。そして、いまこの瞬間の私のように、もはや自分の国というものがわからなくなってしまう時が訪れる。国とは、さまざまな地方や習慣や物資といった、この知性によっていつでも把握できるものの総和などではない。それはひとつの《存在》だ。しかし自分にはそういったもろもろの《存在》が見えなくなっていると気づく時が訪れるのだ。

アリアス隊長は昨晩、司令部で純粋に論理的な議論に明け暮れた。純粋な論理というやつは《精神》の生活を荒廃させる。隊長はその帰路、延々とつづく車馬の混雑に巻きこまれ、すっかり疲弊しきった。隊に戻ってくると、待ち受けていたのは処理すべきいくつもの問題。それらの問題は、押しとどめるすべのない山崩れがもたらす幾多の結果と同じで、少しずつ人を蝕んでいく。その後で隊長はわれわれを召集し、無謀きわまりない出撃を命じたのだ。隊長にとってわれわれ二人は、あたりを覆いつくす無秩序のなかの一要素でしかない。サン＝テグジュペリ、あるいはデュテルトルという、それぞれが独自の角度からものを見たり見なかったりする仕方を備え、独自の考え方、歩き方、飲み方、ほほえみ方を備えた人間ではないのだ。本来われわれは、ある巨大な建造物を構成している断片なのだが、その全体がどのようになっているのか見出すためには、もっと多くの時間と沈黙と距離とが必要だ。もし私にチックがあったとしたら、アリアス隊長はもうそのチックしか心に留めないだろう。そしてアラス上空に出撃させるのは、もはやチックの持ち主として覚えているだけの男でしかないだろう。さまざまな問題が入り乱れ、すべてが崩れ去ろうとしているなかでは、われわれ自身が無数の断片に引き裂かれてしまっている。あの声、あの鼻、あのチック、というように。断片はひとの心を動かしはしない。

これは決してアリアス隊長に限ったことではなく、すべての人間に言えることだ。埋葬の役に従事しているあいだは、たとえどれほどその死んだ友人を愛していたとしても、われわれは死そのものに触れているわけではない。死とは大変なことなのだ。それは死んだ友人の思想や持ち物や習慣とわれわれとのあいだに、それまでとは異なる関係の編み目を作り出す。死は世界を新たに編成し直すのだ。表面上はなにひとつ変わっていない。けれど実際にはすべてが一変してしまったのだ。書物に書かれている文字は以前と同じでも、その書物の意味はもはや同じではない。死というものを本当に実感するには、死んだ友人を必要とする時のことを思い浮かべなければならない。するとと、その男がいないさびしさが痛切に迫ってくる。かつて友人がたびたびこちらを必要としたことを思い浮かべてみる。だがもはや自分がその男から必要とされることはないのだ。かつて友人が決まった時間に自分のところへ親しく訪れてきたことを思い浮かべてみる。だがもはやその予定は空いたままであることに気づかされるのだ。ある人の人生を見るには、その全体を見わたす必要がある。しかし埋葬の日には、全体を見わたすことのできる視点も距離も存在していない。死者はまだいくつもの断片に引き裂かれたままだ。埋葬の日、われわれはなにかと気ぜわしい。重い足取りで歩いたり、本当の友人やうわべだけの友人と握手を交わしたり、細々とした気遣いに心を奪われたりするからだ。翌日になり、静けさに包まれてはじめて、死者は本当に死ぬことになる。死んだ友人は、もはや断片としてではなく全体としてわれわれの前に立ち現れ、欠けることのないその姿のまま、この物質の世界から離れていく。このときになってようやくわれわれは、去りゆくその男のために、引きとどめようのないその男のために号泣するだろう。

私は、エピナル版画[6]によくあるような陳腐な戦争画が好きではない。そこに描かれ

6. フランス東部の都市エピナルを中心に制作された通俗的な彩色版画。

ているのは、無骨な軍人が涙を拭い、こみあげる悲しみを押し殺して粗野な軽口を叩いている、といったものだ。あんなものは嘘だ。無骨な軍人はなにも内に押し殺してはいない。軽口を叩いているのは、軽口を考えついたからだ。

私が問題としているのは、人間の質などではない。アリアス隊長が情に厚い人なのは間違いない。もしデュテルトルと私が帰還しなかったら、おそらくほかの誰よりも悲しんでくれるだろう。ただしそれは、その事故をわれわれ二人のみに関するものとしてとらえ、いくつもの雑多な要因の総和としてはとらえない場合の話だ。沈黙のなかでわれわれ二人を回想することが隊長に許される場合の話だ。仮に今夜また、われわれを執拗に追い回すあの執達吏のせいで、隊がこの基地を撤収しなければならなくなったとしたら、雪崩のように次々と問題が押し寄せてきて、たとえばトラックのタイヤがひとつパンクしただけで、われわれの死のことは後まわしにされるはずだ。そしてアリアス隊長は、われわれの死を悲しむことを忘れてしまうだろう。

だから出撃をひかえた私にしても、西欧とナチズムの闘争、などといった大それたことに思いを馳せているわけではない。すぐ目の前にあるもろもろの細部について考えているだけだ。アラス上空を七〇〇メートルという低空で偵察飛行する愚劣さ。われわれに期待されている情報の無意味さ。身支度の面倒さ。まるで死刑執行人をむかえるために身づくろいしている気持ちだ。そして手袋。あの手袋、一体どこへいったんだ？　なくしてしまったみたいだ。

いまの私には、自分が住む大聖堂が見えない。

私は、いるかどうかもわからない神に奉仕するために、身支度をしているのだ。

3

「ぐずぐずするな……俺の手袋はどこだ?……ちがう……それじゃない……、俺の雑《ざっ》囊《のう》のなかを見てくれ……」

「ありません、大尉殿」

「使えない奴だな」

どいつもこいつも使えない奴ばかりだ。手袋ひとつ見つけられない奴も。とち狂った戦争をはじめたヒトラーも。馬鹿のひとつ覚えみたいに低空偵察一点張りの司令部も。

「鉛筆はまだか?　渡せと言ってからもう一〇分になるぞ……ないのか?」

「はい、こちらです、大尉殿」

なんだ、使える奴もいるじゃないか。

「そいつに紐をつけてくれ。そうしたらその紐をこのボタン穴に結ぶんだ……おいどうした、機銃員、やけにのんびり構えているじゃないか……」

「支度が完了したからです、大尉殿」

「ああ、そうか」

観測員の方はどうなっている？

「準備はできたか、デュテルトル？　忘れ物はないか？　航程計算は済んだか？」

「終わってます、大尉殿」

よし、航程計算はできている。捨て身の偵察飛行だ……。それにしてもまともな考えだろうか、一組の搭乗員たちを犠牲にしてまで、誰も必要としていない情報を収集することが。万が一われわれのうち一人でも運よく生還してそれを報告したところで、それきりあとはどこに伝えられることもない情報なのに……。

「司令部の連中は、霊媒師でも雇っておかないとな……」

「どういうことです？」

「奴らが欲しがっている情報を、今晩報告してやるためさ、あの世からな」

われながら面白くもない冗談だ。それでも私は毒づくのを止められない。

「司令部、司令部とぬかしやがって、自分でやってみろっていうんだ、命がけの出撃ってやつを！」

このような憎まれ口を叩くのも、身支度の儀式に時間がかかるからだ。任務にほとんど成功の見込みがなく、ただ生きながら火炙りになるためだけに、こうまでご丁寧に仰々しい装備を身につけるのは、やたらと長く感じる。まったく手間がかかるのだ。三枚重ねの飛行服を着込むのも、古道具屋よろしく身体中にあれこれ器具をぶらさげるのも、酸素吸入器の配線や、電熱服の回路や、搭乗員同士の通話連絡回線を整備するのも。呼吸はその酸素マスクでする。私を機体と結びつける一本のゴム管は、この命をつなぎとめるまさに臍《へそ》の緒《お》だ。これを通して機体そのものが、私の血液と同じ温度となって流れこんでくる。流れこんだ機体が、この身体のすみずみまでめぐる。言ってみれば、自分と自分の心臓のあいだを橋渡しする器官が新たにつけ加えられたようなものだ。身支度につれて、刻一刻と私は重くかさばり、動きづらくなっていく。向きを変えるにも身体全体を動かさなければならない。革紐を締めたり、固い留め具を弛めたりするのにかがむと、身体中の関節が軋む。骨折の古傷が痛む。

「別の飛行帽をくれ。俺のやつは嫌だと何度も言ったじゃないか。きつすぎるんだ」

どうしてなのかわからないが、高高度では頭蓋が膨張するのだ。地上ではちょうどいい飛行帽も、高度一万メートルになると万力のように締めつけてくる。

「大尉殿、それは別のやつです。取りかえておきました……」

「そうか」

どうしても文句ばかりが出てしまう。しかしそれを悪いとも思わない。構わないではないか！　そもそもこんなことはどうでもいいことだ。いまこの瞬間のわれわれは、先ほど話したような時間、つまり、心のなかに荒涼とした砂漠だけが広がる時間を生きているのだ。そこには粉々になった残骸しかない。いまの私は、なにか奇跡が起こって今日の午後の予定を変えてくれたら、と願いながら、そんな腰抜けな願いを恥ずかしいとさえ思っていない。たとえば通信用の咽喉マイクが故障してくれたら。この咽喉マイクというやつは、しょっちゅう故障する。がらくた同然の代物なのだ。こいつが故障してくれたら、無駄な犠牲になるだけの出撃をしなくてすむのに……。

　ヴザン大尉が暗い顔つきで近づいてくる。ヴザン大尉はいつだって出発前の隊員に暗い顔つきで近づいてくる。敵の哨戒網関係を担当していて、敵機の動きをわれわれに伝えるのが任務なのだ。ヴザンは親しい友人ではあるが、同時にまた不吉な予言者でもある。この男の姿を目にしてしまったのが残念だ。

「おい、きみ、面倒だぞ、面倒だぞ、かなり面倒だぞ！」

そう言うとヴザンはポケットから書類を取り出し、さぐるように私を見つめる。

「どこから侵入するんだ？」

「アルベールから」

「なるほど、それはいい。それはいいが、面倒だぞ」

「はっきり言えよ。なにがあるんだ」

「きみ、出撃してはいけない！」

出撃してはいけない、だと！……まったくご親切きわまりない奴だ、このヴザンは！　咽喉マイクが故障するよう、父なる神にお願いしてくれればいい！

「あそこは抜けられない」

「どうして抜けられないんだ？」

「アルベール上空には、ドイツの戦闘機が三編隊、たえず哨戒してるんだ。ひとつは高度六〇〇〇メートル、もうひとつは七〇〇〇メートル、それから一万メートル。どいつも交替がくるまで持ち場を離れない。問答無用で通行禁止、ってやつだ。みすみす網にかかりにいくようなものさ。それに、いいか、これを見たまえ！……」

ヴザンは一枚の書類を見せる。そこにはなんだかわからないが、奴の言っている通りだということを証明するものが、ごちゃごちゃと書かれている。

ヴザンめ、放っておいてくれればいいのに。「問答無用で通行禁止」という奴の言葉が頭から離れない。私は赤信号やら違反切符やらを連想する。だがこの場合、違反切符は死を意味している。なによりも気にくわないのは「問答無用で」というやつだ。なんだか自分だけが特別に目をつけられているような気がしてくる。

私は懸命に頭を働かせる。敵としてはいつもと同じように「問答無用で」自分たちの拠点を防衛しているだけだ。だから「問答無用で通行禁止」という言葉など無駄口にすぎない……。それに敵戦闘機が何だっていうのだ。運よく戦闘機を撒《ま》いたところで、どうせ高度を七〇〇メートルに下げたら高射砲の餌食になる。高射砲から逃れられるわけがない。私はいきなりヴザンに食ってかかる。

「要するにきみが大慌てでここにきたのは、ドイツの戦闘機がいるから出撃は危険きわまりない、と教えてくれるためか！　司令部に駆け込んで、そいつを知らせてやれよ！」

ヴザンの奴、その敵機とやらのことを伝えるのでも、「戦闘機が何機かアルベール付近をうろついていて……」ぐらいにして、私を安心させてくれてもよかったではないか。

意味はまったく変わらないのだから！

4

準備完了。機に搭乗。残るは咽喉マイクのテストのみだ……。

「聞こえるか、デュテルトル？」

「感度良好です」

「そっちはどうだ、機銃員、聞こえるか？」

「こちら……感度は……良好」

「デュテルトル、機銃員の声は聞こえてるか？」

「はい、よく聞こえてます」

「機銃員、そっちはデュテルトル中尉の声が聞こえてるか？」

「こちら……感度は……良好」

「どうして『こちら……感度は……良好』しか言わないんだ？」

「鉛筆を探しているんです」

咽喉マイクは故障していない。

「機銃員、ボンベの気圧は正常か？」

「こちら……はい……正常です」

「三本ともか？」

「三本ともです」

「準備はいいか、デュテルトル？」

「準備万端です」

「準備はいいか、機銃員？」

「準備万端です」

「よし、発進」

そして私は離陸する。

5

不安が生じるのは、自分自身を確固たるものと感じられなくなったときだ。喜ぶことになるのか絶望することになるのか、届いてみないとわからないような知らせを待っていると、私は虚無のなかに投げ込まれたような気持ちになる。先のことがなにひとつ確かでなく、宙吊りの状態に置かれているあいだは、私の感情も態度も、その場しのぎのものでしかない。時間はもはや、一時間後にそうなっているだろう私を、樹木をはぐくむように刻一刻と築いていくものではなくなってしまう。現時点ではまだ正体のわからない未来の私が、まるで亡霊のように、外部からこちらへと歩いてくる。すると不安の感情に包まれるのだ。いざ届けられたのが悪い知らせだった場合、引き起こされるのは苦悩であって、不安ではない。苦悩と不安とはまったく別のものだ。

ところがいまや、時間はただむなしく流れるだけのものではなくなった。私はようやく自分の務めのなかに身を落ち着けたのだ。もはやとらえどころのない未来へと投げ出されてはいない。逆巻く炎に包まれて錐揉《きりも》み状態に陥ることはないはずだ。未来が見知らぬ幽霊のようにつきまとってくることはもうない。これからは、私の行動のひとつひとつが未来を作りあげていくのだ。いまの私は、コンパスを制御して機体を三一三度の針路に保つ男だ。プロペラの回転数とオイルの温度を調整する男だ。こういったことが目の前にある健全な気苦労なのだ。家庭の気苦労や、毎日の細々とした義務のようなもので、老けこむ暇を与えない。こうした務めのおかげで、住まいは塵《ちり》ひとつなく磨かれ、床はつやつやと光沢を放ち、そして酸素はつつがなく供給されるのだ。そう、私は酸素の供給を調整しているところだ。機が急速に上昇しているためだ。現在六七〇〇メートル。

「酸素はどうだ、デュテルトル？　気分は悪くないか？」

「良好です」

「おい！　機銃員、酸素はどうだ？」

「こちら……はい……良好です」

「まだ鉛筆を探しているのか？」

つづいて私は、Ｓボタンと Ａボタンを押して自分の機銃を点検する男になる。だがその前に……。

「おい！　機銃員、後方の射程内に大きな町はないか？」

「ええと……いいえ、ありません」

「よし。機銃試射」

掃射音が聞こえる。

「問題ないか？」

「問題ありません」

「全機銃か？」

「ええと……はい……全部です」

今度は私の番だ。ふと、味方の領内に雨あられと放つこの銃弾は一体どこに行くのだろう、と考える。誰かを殺してしまうことはまずない。大地は広大なのだから。

こうして毎分毎分が、やるべきことで私を養ってくれる。私は熟しつつある果実と同じくらい不安とは無縁だ。もちろん取り巻く飛行状況は刻一刻と変化するはずだ。

飛行条件も、そしてそれに伴うさまざまな問題も。しかし、私はその未来を作り上げていく過程のなかにしっかりと組み込まれている。時間が私を少しずつ捏《こ》ねあげていくのだ。子供は、自分が否応なくゆっくりと老人になりつつあることに怯えたりはしない。いまはまだ子供だから、子供の遊びをしているのだ。私もまた同じように遊んでいる。自分の王国を形作る計器盤を数え、つまみやスイッチやレバーを数えてみる。確認したり、引いたり、回したり、押したりする器具は全部で一〇三ある（機銃装置を二と数えてもインチキにはなるまい。この装置には暴発防止のピンもついているのだから）。今晩、宿営先の農家の主人を驚かせてやろう。こんな風に言って。

「いまの操縦士は、一体いくつくらいの機械を相手にしなきゃならないか、知ってるかい？」

「知ってるわけないじゃないですか」

「いいから、数を当ててごらん」

「どんな数を言えばいいんです？」

この男ときたら、まったく機転がきかないのだ。

「なんでもいいから言ってごらん」

「七つ」

「いや、一〇三だよ！」

そして私は悦に入るだろう。

こんなに安らいだ気分なのは、さっきまで持て余していたさまざまな機器が、いまではみんなあるべき場所に収まり、きちんと意味を与えられたからでもある。臓腑のように入り組んだ管や配線のすべてが結びついて循環網を形作るようになったのだ。私は機体全体に広がるひとつの有機組織だ。飛行服と酸素の温度を徐々に上げるスイッチを回すと、機は私を幸福感で満たしてくれる。もっとも、酸素があまりに熱くなりすぎると鼻先を火傷してしまうが。その酸素自体も、複雑な機器によって高度に応じて供給される。機体が私を養っているのだ。飛び立つ前は非人間的だと思っていたが、いまこうして機体から授乳されてみると、子供が母親に対して抱くような愛情を感じる。乳飲み子が抱くような愛情を。

身体の重みにしても、いくつかに分散して支えられるようになった。三枚重ねに着込んだ飛行服と、背中の重いパラシュートは、座席が支えている。馬鹿でかい飛行靴はラダーペダルの上だ。ごわごわしたぶ厚い手袋に包まれた手は、地上にいるときはあんなにもぎこちなかったのに、いともやすやすと操縦輪を操っている。操っている……、操っている……。

「デュテルトル！」

「……な……しょうか？」

「まず接触を確認してくれ。音が途切れるんだ。こちらの声は聞こえてるか？」

「……こち……聞こ……ます……」

「そいつを揺すってみてくれ！　聞こえるか？」

デュテルトルの声がふたたび明瞭になる。

「はい、よく聞こえてます！」

「よし。まったく、今日も装置は凍結だ。操縦輪が固い。ラダーペダルはびくともしない」

「困りましたね。高度は？」

「九七〇〇」

「外気温は？」

「マイナス四八度だ。そっちはどうだ？　酸素は問題ないか？」

「問題ありません」

「機銃員、酸素はどうか？」

応答なし。

「おい、機銃員！」

応答なし。

「デュテルトル、機銃員の声が聞こえるか？」

「なにも聞こえません」

「呼んでみてくれ！」

「機銃員、おい！　機銃員！」

応答なし。

急降下に入ろうかと思ったが、もし眠っているのだったら起こしてやろうと、機体を激しく揺さぶってみる。

「どうしましたか？」

「機銃員、おまえか？」

「こちら……ええと……そうです」

「自分が誰だかも忘れちまったのか？」

「いいえ！」

「じゃあ、なぜ応答しなかったんだ？」

「無線のテストをしてたんです。それで接続を切ってました」

「馬鹿野郎！　知らせてからやれ！　急降下に入るところだったんだぞ、おまえが死んだと思って！」

「いえ……死んでません」

「そうらしいな。だがもう二度とこんなくだらん真似をするな！　いいか、必ず知らせるんだぞ、接続を切る前に！」

「すみません。了解しました。これからはお知らせします」

それというのも、酸素の供給が止まっても人体には感じられないからだ。はじめはふわふわとした快感が訪れる。数秒後には昏睡、数分後には死に至る。したがって酸素の供給量をたえず管理すること、そして乗員の体調を管理することが操縦士には不可欠なのだ。

だから私は自分の酸素マスクの供給管を時折軽くつまんでは、鼻先にあたる熱い息吹が生命をもたらしてくれるのを味わうのだ。

　要するに私は自分の務めを果たしているのだ。いまの私は、充実した意味を持つ行動がもたらしてくれる肉体的な喜びだけしか感じていない。なにか大きな危険が迫っているという感情も抱いていなければ（装具を身につけているあいだはいまと違って不安だったが）、なにか大きな義務を背負っているという感情も抱いていない。西欧とナチズムの闘争も、いまでは私の行動の次元、つまみやレバーやコックの操作にまで還元されている。それでいいのだ。堂守《どうもり》にとっては、神への愛は大蠟燭に火を灯すことへの愛という形をとる。堂守は一定の足取りで聖堂内をめぐり、周囲に目をやることもなく、ただ枝付き大燭台をひとつ、またひとつと花咲かせるだけだ。そうしてすべてに火が灯ると、嬉しそうに揉み手をする。自分のしたことに満足しているのだ。

　私も同じだ。プロペラの回転数を申し分なく調整したし、針路も誤差一度の範囲内で固定している。デュテルトルもさぞ感心しているに違いない、もしコンパスに多少なりとも気を留めていればの話だが……。

「デュテルトル……コンパス上での針路……大丈夫か？」

「駄目です。かなりずれてます。右に針路を」

残念!

「大尉、前線を越えました。これより写真撮影を開始。そちらの高度計での高度は?」

「一万」

6

「大尉、コンパスを確認してください！」

やつの言う通りだ。左にずれてしまっている。たまたまそうなったのではない……。アルベールの町が私を押しやるのだ。町はまだ、はるか前方にそれとなく察知されるにすぎない。それなのに、はやくもあの「問答無用で通行禁止」の重みで、私の肉体にのしかかってくる。まったく五体の深みにはなんという記憶が潜んでいることか。私の肉体は思い出す。これまでに経験した墜落を、頭蓋骨骨折を、シロップのようなねっとりとした昏睡を、病院で過ごしたいくつもの夜を。この肉体は一撃をくらうのを怖れている。アルベールを避けようとしている。注意していないと、左にずれてしまう。馬はひとたび恐怖を抱くと、老馬になるまで一生涯障害物をよけようとする。それと同じように、左へと寄ってしまうのだ。問題なのはこの肉体だ……、精神の方ではない……。この肉体が狡猾にアルベールの町を回避しようとするのは、私がなにか別のことに気を取られているときだけだ。

なにしろ私は辛くてたまらないとは微塵も感じていないのだ。いまではもう、出撃せずにすめばいい、などという願望はない。さっきはそんなことを願ったかもしれないが。「咽喉マイクが故障してくれるさ。俺は眠いんだ。帰って寝ることにしよう」と考えながら、その怠惰な寝床をすばらしいもののように思い浮かべていた。しかしその一方で、心の底ではわかっていたのだ。任務を果たさなければ得るものはなにもなく、ただ苦々しい居心地の悪さとでもいったものが残るだけだ。まるで必要な脱皮に失敗してしまったかのように。

学院時代のことが思い出される……。少年だった頃……。

「……大尉!」

「なんだ?」

「いえ、なんでもありません……見えたような気がしたものですから……」

見えたような気がしたものというのは、どうせ私が好きになれそうにないもののことだろう。

そう……、学院の生徒の朝はやたらと早い。六時には起きるのだ。寒い。眠い目をこすりながら、いやな文法の授業のことを思って、はやくもつらい気分になる。そんなときに夢想するのだ。病気になって医務室で目を覚まし、白い角頭巾をかぶった修道女たちが甘い煎じ薬を枕元に持ってきてくれたらどんなにいいだろう。そうした楽園のような状態についてさまざまな幻想を紡いでいくのだ。あの頃、風邪をひいたりすると、少しばかり大げさに咳をしたものだ。そうして私は、まどろみから覚めた医務室で、ほかの生徒たちのために鳴る始業の鐘を聞くのだった。だが、ずるをして仮病で横になっているときは、この鐘からそれ相応の報いを受けることになる。この鐘とともに私は亡霊に変わってしまうのだ。鐘の音は窓の外で、本当の時間というものを告げている。厳格な授業の時間。騒々しい休憩の時間。暖かい食堂の時間。鐘は外の生者たちのために充実した生活を、つらさや待ち遠しさ、喜び、あるいは後悔にあふれる充実した生活を作り出している。けれども私の方はそこから引き離され、忘れ去られたまま、味気ない煎じ薬に、じっとりとした寝床に、だらだら流れるだけの時間に飽き飽きしているのだ。

任務を果たさなければ得るものはなにもない。

7

もちろんときには、今日のように、命じられた任務が意にそぐわないこともある。だが、われわれが戦争の真似事をして遊んでいるのは紛れもない事実だ。憲兵と泥棒に分かれて鬼ごっこをしているのだ。歴史書の説く教訓と、教本に書かれたルールを正確に守っているのだ。昨晩、私が飛行場を車で走っていたときもそうだった。警備の歩哨は、与えられた指示通りに、銃剣を交叉させて車の前に立ちはだかった。おそらく、私の車の代わりに敵の戦車だったとしても同じようにしたに違いない。われわれは押し寄せる戦車の前で銃剣を交叉させるという遊びをしているのだ。

このいささか残酷なジェスチャーゲームにおいて、われわれはどこからどう見ても端役しか務めていない。そんなものを死ぬまでやり通せと言われたところで、どうして夢中になることができるだろう？　たかがジェスチャーゲームに対して、死はあまりに深刻すぎる。

一体誰がはやり立つ思いで装具を身につけるだろうか？　そんな者は一人もいない。あのオシュデでさえ、人間の完成形ともいえる不断の自己献身の境地にまで達したあの聖人のようなオシュデでさえ、沈黙のなかに逃げこむのだ。身支度をする隊員たちは皆、むっつりと押し黙っているが、それは英雄の慎みからではない。不機嫌そうな表情は、その下になんの高揚も隠してはいない。おもてにあらわれているものだけを示しているのだ。私にはわかる。それは、よく理解できない指示を不在の領主から伝えられた管理人の不機嫌と同じだ。なにひとつ理解できないのに、言われた通りにやらなければならない。どの隊員も穏やかな自分の寝室で眠ることを夢みているが、実際に寝に行くことを選ぶ者は一人もいないのだ。

重要なのは心を躍らせることではない。敗北のさなかでは高揚のしようがないのだ。重要なのは装具を身につけ、機に乗りこみ、離陸することだ。自分がそれについてどう考えるかは、まったく重要ではない。文法の授業のことを考えて心を躍らせるような子供がいたら、小生意気でうさんくさいだけだ。重要なのは、いますぐには姿をあらわすことのない目的に向かって、まっすぐ進んでいくことだ。その目的は《知性》

に関わるものではない。《精神》に関わるものだ。だが、《精神》は愛することを知ってはいるものの、ときに眠りこんでしまう。誘惑がどのようなものか、私は神学を究めた教父に負けず劣らずよくわかっている。誘惑されるとは、《精神》が眠りこんでいるために、《知性》が持ち出す理屈に身をゆだねてしまうことなのだ。

自分の生命をこのような山崩れに投じたところでなにになるのか？　私にはわからない。幾度となくこう言われた。「こちらの言う通り、どこそこへ配属されたまえ。そこがきみの部署だ。飛行隊にいるよりずっと重宝されるはずだ。操縦士ならいくらでも作り出せるのだから……」この論証は抗弁の余地のないものだった。そもそも論証というのはどれも抗弁の余地がないものなのだ。私は頭ではそれを受け入れた。しかしそのたびに私の直観がそれに異をとなえるのだった。

人々が口にする理にかなったその言い分が、どうして私には偽りのように思えたのだろうか、反論すべきはっきりとした理由もないのに。私はこう思ったのだった。「インテリ連中は大事にしまっておかれている。ジャム壺よろしく、宣伝局の棚の上にずらっと並べられて。あれは戦争が終わってから食われるためなんだ……」だがこれは答えになっていなかった。

今日もまた、私は他の隊員と同じように飛び立った。どんな理屈にも、どんな自明の理にも、どんな反射的反撥にも逆らって飛び立った。いつかきっと、私が理性の声に逆らったのは正しかったのだとわかる時がくるはずだ。もし生還したら、夜の村を散歩しようと決めたのだ。そのときになって、私はようやく自分自身としっくりなじむかもしれない。そうすればいろいろなものが見えるようになるだろう。

しかしおそらく私には、自分の目に見えてくるものについて、なにひとつ言うべきことはないだろう。ある女性を美しいと思うとき、私には言うべきことはなにもない。ただその女《ひと》がほほえむのを見るだけだ。インテリ連中はその顔を説明しようとして、分解してからそれぞれの断片を分析するが、もはやほほえみそのものは見ていない。

知る、というのは、分解することでもなければ、説明することでもない。それは見ているものに近づくことなのだ。しかし見るためには、まずその対象と関わらなければならない。このはじめの一歩が困難なのだ……。

今日一日、自分が駐屯している村は、私の目に見えていなかった。出撃前、村はただ単に立ち並ぶ粗壁《あらかべ》であり、薄汚れた農民たちであるにすぎなかった。そしていまでは、一万メートル下にぽつんと置かれたわずかばかりの小石でしかない。それが私の村だ。

けれども今夜はきっと、どこかの番犬が目を覚まし、遠吠えを響かせるだろう。私はいつも、眠りに沈んだ村が、月夜に吠える犬の声にのせて、夢路の底から寝言をもらすときの魅惑に心を奪われてきた。

私の望みを理解してもらおうとは期待していない。そんなことはどうでもいい。いまの望みはただ、私の村が穀物を収めて戸を閉ざし、家畜を収めて戸を閉ざし、人々の暮らしを収めて戸を閉ざし、きちんと寝支度をととのえた姿でこの目の前にあらわれてくれることだけだ。

畑仕事を終えた農民たちは、食事の片付けをして子供を寝かしつけると、ランプを吹き消し、沈黙のなかに溶けこんでいくだろう。あとはもうなにもない。あるのはただ、田舎風のごわごわした白い掛布の下にすやすやと息づくゆるやかで規則的な動き、嵐の後の海原に残るうねりの余韻にも似た動き。

夜は昼間の収支を精算する時間だ。そのあいだは誰も富を使うことができない。神がそう定めたのだ。朝がくるまであらゆる緊張を解いてくれる抗《あらが》い難い眠りの作用で、誰もが握りしめた拳を弛めて安らぐこの時間だからこそ、人々が代々大切に蓄えてきたものが、私の前により明確に姿をあらわしてくれるだろう。

そのとき私が見つめているものは、おそらく名づけようのないものだろう。そこにたどり着いたのは、目の見えない人が掌に感じる熱だけを頼りに火のそばにやってくるようにしてだ。その人は火がどのようなものか言うことはできないかもしれないが、それでも火を探し当てることができたのだ。きっと同じようにして、私の前にあらわれてくれるだろう、守るべきものが。さながら眠りこんだ村の暖炉の灰に埋もれた熾《おき》火《び》のような、目には見えないけれどもいつまでも消えることのないものが。

任務を果たさなければ得るものはなにもないのだ。ごく普通の村ひとつであっても、理解するためにまず必要なのは……。

「大尉！」

「なんだ？」

「敵戦闘機、六機。左前方に六機！」

その言葉が雷鳴のように轟いた。

必要なのは……、必要なのは……。とにかく手遅れになる前に、見返りを手にしておきたい。私は愛の権利を得たい。誰のために死ぬのかはっきりさせたい……。

8

「機銃員！」

「はい」

「聞いたか？　敵戦闘機六機、左前方に六機だ！」

「了解！」

「デュテルトル、敵に気づかれたか？」

「気づかれました。こちらに旋回中。高度差五〇〇」

「機銃員、聞いたか？　高度差は五〇〇。デュテルトル！　まだ離れてるか？」

「……数秒の距離です」

「機銃員、聞いたか？　数秒後には背後をとられるぞ」

あそこだ、見えた！　小さい。毒蜂の群れだ。

「機銃員！　真横だ。すぐ見える。あそこだ！」

「こちら……なにも……。あっ！　見えました！」

こちらからはもう見えない！

「追ってくるか？」

「追ってきます！」

「高度を上げてるか？」

「不明……。上げてないと思いますが……。上げてません！」

「どうしますか？」

これはデュテルトルの声だ。

「どうするもこうするもあるか！」

相手は黙る。

どうすることもできやしない。すべては神のみぞ知るだ。旋回などしたら、かえって敵との距離を縮めてしまう。だが運のいいことに、こちらは太陽に向かって直進している。それにこの高高度で五〇〇メートルも上昇すれば、そのあいだに追っ手は獲物から数千メートル引き離されることになる。もしかすると、敵がこちらの高度まで達して速力を取り戻すまでに、われわれを太陽のなかに見失ってくれるかもしれない。

「機銃員、まだついてくるか？」

「ついてきます」

「振り切れそうか？」

「ええと……駄目です……いや、いけます！」

神さまとお天道さまに任せるしかない。

戦闘に入った場合に備えて（もっとも要撃隊が行うのは戦闘というより虐殺だが）、私は凍結したラダーペダルを全身の力をこめて踏みこんで、なんとか動かそうとしてみる。感覚の変調にとらえられるが、目にはまだ戦闘機が見える。私は頑なな操縦装置に全体重をかける。


私はふたたび気づく。いまは行動のさなかにいるのに——行動といっても、ばかばかしい期待にすがるだけのことなのだが——、装具をつけていたときよりもはるかに動揺していない。私が感じているのは一種の怒りだ。それは有意義な怒りだ。犠牲の陶酔などまったくない。むしろ嚙みついてやりたいぐらいだ。

「機銃員、振り切ったか?」

「振り切ったようです」

どうやらうまくいきそうだ。

「デュテルトル……。おい、デュテルトル……」

「なんですか?」

「いや……なんでもない」

「どうかしましたか?」

「なんでもない……。ちょっと変な……いや、なんでもない……」

なにも言わずにおこう。無駄に心配させても仕方あるまい。錐揉《きりも》み降下をはじめたら、どうせ二人とも気づくはずだ。錐揉み降下をはじめたと、はっきり気づくはずだ……。

零下五〇度のなかで汗だくになっているなんて、ただ事ではない。まったくただ事ではない。そう、私には自分がこれからどうなるか、はやくもわかっていた。ゆっくりと気を失っていくのだ。ごくゆっくりと……。

計器盤に目をやる。もう計器盤が見えない。操縦輪に置いた手にも力が入らない。

いまとなっては口をきく力さえない。私は諦める。諦めてしまえば……。

私はゴム管をつまんでみた。生命をもたらす息吹を鼻先に感じる。だとすれば酸素供給装置の故障ではない。となると……、そうだ、そうに違いない。馬鹿だった。ラダーペダルのせいだ。ラダーペダル相手に、まるで荷揚げ屋か運送屋のように渾身の力を振り絞っていた。一万メートルの高度で、力自慢の大道芸人のような真似をしていたのだ。けれども酸素の供給量はそれに見合うだけのものではない。大切に少しずつ使うべきだった。酸素を派手に濫費した報いをいま受けているということだ……。息がせわしない。鼓動が速い、とても速い。かすかな鈴の音のような鼓動だ。二人にはなにも言わずにおこう。錐揉み降下をはじめたら、すぐに気づいてくれるはずだ！　私は計器盤に目をやる……。もう計器盤が見えない……。私は悲しみに浸される。汗まみれのまま悲しみに浸される。

生命が戻ってきた。ごくゆっくりと戻ってきた。

「デュテルトル！……」

「なんですか？」

いましがた起こったことを打ち明けたくなる。

「さっき……ひょっとすると……もう少しで……」

言いかけたが、説明するのはやめる。話などしたら酸素を使いすぎる。いま二言、三言口にしただけでも息切れがした。私はすっかり弱り切っている。病み上がりの病人と同じだ……。

「大尉、どうしたんです？」

「いや……なんでもない」

「いやに思わせぶりですね！」

そう、思わせぶりだ。でも私は生きている。

「……なんとか……なんとか……やられずにすんだな……」

「まあ、いまのうちだけですよ！」

いまのうちだけだ。まだアラスがあるのだから。

こうして私は、数分のあいだに、もう生きては帰れないと思ったのだが、だからといって、死を前にしたときに襲われるという、一瞬にして髪が白く変わってしまうほどの激しい不安などは感じなかった。私はサゴンのことを思い出す。サゴンの語ったことを思い出す。この男は二カ月前、フランス領空での空中戦で撃墜された。その数日後にわれわれは見舞いに行ったのだ。敵戦闘機に囲まれ、いわば銃殺刑の柱に釘付けにされたようになり、自分は一〇秒もしないうちに死ぬのだと覚悟したとき、サゴンは一体なにを感じたのだろう?

9

病院のベッドに横たわったサゴンの姿がありありと目に浮かぶ。片方の膝は、パラシュート降下の際に尾翼にぶつかり砕けてしまったが、本人はその衝撃に気づかなかった。顔にも手にもひどい火傷を負っていたが、ともかく生命に別状はなかった。サゴンはまるで雑役報告でもするように、いつもと変わらない声でゆっくりとわれわれに話す。

「……撃たれてるとわかったのは、曳光弾《えいこうだん》に囲まれてるのが見えたからです。計器盤が吹っ飛びました。それから煙が出てるのに気づいたんです。いや、それほどたくさんじゃありません。機体前方から出てるように見えました。そして考えたのは……、なにしろそこは燃料パイプが通っているところですから……。いや、火はそれほど出てませんでした……」

サゴンは難しい顔をしながら、問題を検討する。火が激しく出ていたかどうか報告するのが重要だと考えているのだ。サゴンは言いよどむ。

「それでも……火は火でしたから……。それで飛び降りるよう言ったんです……」

というのも、火は一〇秒後には機体を燃えさかる松明《たいまつ》にしてしまうからだ。

「で、脱出口を開けました。これがまずかった。風が吹きこんできたんです……そしたら火が……。困りました」

機関車の火炉が炎の奔流を腹に吹きつけてきたも同然だ、しかも七〇〇〇メートルの上空で。それなのに、困りました、ですませるとは！　しかし、その勇気や慎みを褒めそやしてサゴンを裏切ったりはするまい。当人はそんな勇気も慎みも認めようとはせず、ただこう繰り返すだけだろう。「いや、そうじゃありません。困ってたんです……」そもそもサゴンがどこまでも正確に伝えようとしているのは誰の目にも明らかだ。

それに私にもよくわかっているが、意識の領域というのはごく限られたものなのだ。一度にひとつの問題しか受け入れることができない。誰かと殴り合いをしているさなか、次の一撃をどうするかで頭がいっぱいのときは、殴られても痛みを感じないものだ。以前、水上飛行機の事故で溺死するかと思ったときも、氷のように冷たい水が生ぬるく感じられた。あるいは水の温度など意識にのぼってこなかったという方が正しいかもしれない。ほかのことにすっかり気を取られていたのだ。水の温度は私の記憶になんの痕跡も残さなかった。サゴンにしても、どのように脱出するかだけが意識を占めていたのだ。そのときのサゴンの世界はただ、スライド式脱出口を開閉するハンドル、パラシュートを開くコードの位置、そして搭乗員たちの脱出の成否だけに限られていた。「全員飛び降りたか？」応答なし。「誰か機内にいるか？」応答なし。「残っているのは自分一人だと思いました。だから脱出しても構わないと思ったんです……（その時点でサゴンはすでに顔と両手を火傷していた）。立ち上がって操縦席をまたいで越え、まずは主翼の上に出ました。そこから機首の方をのぞいてみたんですが、観測員の姿は見えませんでした……」

観測員は敵機の機銃射撃で即死し、床に横たわっていたのだ。

7　一九三三年一二月、ラテコエール社のテストパイロットとして勤務していたサン＝テグジュペリは、南仏サン・ラファエル湾で水上飛行機のテスト中、操縦ミスから着水に失敗し、あやうく溺死しかけた。

「そこで今度は後部へ向かいました。機銃員の姿も見えませんでした……」

機銃員もまた、床に横たわっていたのだ。

「残っているのはもう自分一人だと思いました……」

そこでサゴンは少し考えこむ。

「もしそうとわかっていたら……もう一度機内に戻ることだってできたんです……。火もそれほど激しくなかったんですから……。そのまま長いこと翼の上にいました……。操縦席を離れる前に、機首を上に向けておいたんです。飛行は順調で、風圧も耐えられないほどじゃありませんでした。自分はくつろいだ気分でした。そう、長いこと翼の上でじっとしてたんです……。なにをすればいいのかわからなかったものですから……」

サゴンは別に込み入った問題に直面していたわけではない。機に残っているのは自分だけだと思っていたし、機体は火を吹いていたし、敵戦闘機は機銃を乱射しながら執拗に襲いかかってきていたのだから、取るべき行動は自ずと決まっている。だがサゴンが言おうとしていたのは、そのときなんの欲望も感じていなかった、ということだ。欲望どころか、なにひとつ感じていなかった。時間はいくらでもあった。無限につづく閑暇のようなものに浸っていたのだ。死の一歩手前にいるときのこの異様な気持ち、私にはそれが手に取るようにわかる。不意に思いがけず閑暇が訪れたような気持ちなのだ……。死を前にした息詰まる切迫感などという絵空事は、目の前の現実によっていかにあっけなく打ち消されてしまうことか！　サゴンはまるで時間の流れの外に投げ出されたかのように、主翼の上にいつまでもたたずんでいたのだ！

「それから飛び降りました。まずい飛び降り方をしたもんです。気がつくとぐるぐる回転しながら落ちてました。こんな状態でパラシュートを開いたら、身体に絡まってしまいます。だから回転が収まるまで待ちました。そう、ずいぶんと待ちましたよ……」

こうしてサゴンに残っているのは、出来事の初めから終わりにいたるまで、待った、という記憶だけなのだ。炎が激しくなるのを待った。そして主翼の上でなにかを待った。その後地上に向かってまっすぐ落下しながらさらに待った。

これこそまさにサゴンだった。いつも以上に普通で、ありのままのサゴン、どこか途方に暮れ、深淵をのぞきこみながら所在なげにその場に立ちつくすサゴン、これこそが真のサゴンだったのだ。

10

われわれはすでに二時間も、通常の三分の一に減った気圧に浸っている。搭乗員は少しずつ消耗してきている。ほとんど口もきかない。私は一、二度、今度は用心しながらラダーペダルを動かそうと力をこめてみた。だが無理はしない。そのたびに先ほどと同じように、ぐったりとした気怠さが全身に広がるからだ。

デュテルトルは、写真撮影のために旋回が必要な場合は、充分な時間的余裕を持ってこちらに告げるようにしている。私は自由の利く操縦輪だけを頼りに、なんとかそれに応える。まずは機体を傾け、それから操縦輪を引く。こうした一連の操作を何回も繰り返して、デュテルトルの求める旋回をやり遂げるのだ。

「高度は？」

「一万と二〇〇……」

私はまだサゴンのことを考えている……。人間はどんなときでもその人間でしかない。われわれは人間だ。私が自分の内で出会ったことがあるのは、ただ私自身だけだ。サゴンが知っているのはサゴン自身だけ。死にゆく者は、それまでの自分として死ぬ。平凡な炭鉱員の死のなかには、死にゆく平凡な炭鉱員しか存在しない。われわれを惑わそうとして文士連中がでっちあげるあの狂気じみた錯乱など、どこにあるだろう？

かつてスペインにいたとき、[8] 爆撃で倒壊した家屋の地下室から男が数日ぶりに救出される場に居合わせたことがある。埃にまみれ、窒息と空腹で朦朧《もうろう》としたままのこの男、瀕死の怪物かなにかを思わせる、いわばあの世から立ち戻ってきたこの男を、群衆はなにも言わず、そしてどこか遠慮がちに取り囲んでいた。やがて何人かが思い切って問いを投げかけ、男がそれらの質問にどんよりとした注意を向けるようになると、人々の遠慮は困惑へと変わった。

人々は男の内奥にある秘密を聞き出そうとしながら、的外れな質問ばかりしていた。

8　一九三六年八月、サン＝テグジュペリは「ラントランジジャン」紙の特派員としてスペイン内戦を取材し、連載記事を執筆した。

誰ひとりとして本当に重要な問いを投げかけることができなかったのだ。「どんな気持ちだったのか?……なにを考えていたのか?……なにをしていたのか?……」といった質問で男とのあいだに横たわる深淵に橋をわたそうとしていた。しかしそれはまるで、助け出そうとしている相手は目も見えず耳も聞こえないのに、それを知らないまま、いつもと変わらない方法でその人の手をつかまえようとするようなものだった。

男はようやく答えられるようになると、こう答えた。

「そういえば、なにかが軋《きし》むぎしぎしいう音がずっと聞こえてた……」

それから……。

「ものすごく不安だった。長かった……。ああ、本当に長かった……」

それから……。

「腰が痛かった、ひどく痛かった……」

この実直な男がわれわれに語るのは、この実直な男のことだけだった。なかでもしきりに語っていたのは、なくしてしまった時計のことだった……。

「もちろん探してみた……大事にしてる時計だったから……でも、あの暗闇のなかでは……」

男がそれまでの人生で、時の流れをじっと耐え忍ぶことや、使い慣れた物へ愛着を注ぐことを身につけてきたことは確かだ。そしてたとえ闇に閉ざされた瓦礫のなかに取り残されても、己が置かれている世界を感じ取るために男が頼ったのは、ありのままの自分というものであった。だから、実際には誰ひとり口にすることのなかった根源的な問い、すべての質問の根底にある「あの極限状況で、きみはどんな人間だったのか？　あの場できみの内にどんな人間が姿をあらわしたのか？」という根源的な問いが仮に投げかけられたとしても、この男には「自分自身……」としか答えようがなかったはずだ。

どのような状況に置かれたところで、それまでまったく考えもしなかった異質な人間がわれわれの内に目覚めることなどない。生きるとは、時間をかけて徐々に生まれ出ることだ。あらかじめ完成している魂を、その場に応じて適宜借用することができたりしたら、それはいささか安直すぎるというものだろう。

ときには、突然の天啓によって運命が大きく変わったように思うこともある。しかし天啓というのは、それまでにゆっくりと準備されていた道が、《精神》のはたらきによって、突然見えるようになったということにほかならない。私は長い時間をかけて文法を学んできた。統辞法を教えこまれてきた。さまざまな感性を目覚めさせられてきた。こうしたことがあってはじめて、あるとき不意に一篇の詩が心に響くようになるのだ。

たしかに、いまの私はどんな愛着も感じていない。けれども、今日の夜になって、なにかが私に啓示されるとすれば、それは私が目に見えない建造物のために自分の石を黙々と運び終えたからだ。私はいま、祝祭の準備をしているのだ。自分の内に自分とは別の人間が突然出現するなどと言うべきではないだろう。自分とは別の人間、それは私自身が作りあげるのだから。

私が戦争の冒険から期待しうるものは、このような緩慢な準備をのぞいては、なにひとつない。戦争の冒険がなにかをもたらしてくれるのはずっと後になってからだ、文法の勉強と同じように……。

じわじわと消耗させられて、われわれの生命力はすっかり衰えてしまった。われわれは老いつつある。出撃は人を老いさせるのだ。高高度はどのような影響をもたらすのか？　高度一万メートルで過ごす一時間が、呼吸系や血液循環系といった生命維持に不可欠な生理機能に与える負担は、通常の一週間分に相当するのか、三週間分に相当するのか、それとも一カ月分に相当するのか？　いや、そんなことはどうでもいい。何度となく意識を失いかけたことで、何世紀もの歳月を重ねてしまったのだ。いまの私は老年の静謐《せいひつ》に浸っている。身支度をしていたときの心の乱れははるか彼方に遠ざかり、過去のなかに消え去ってしまったように思える。そしてアラスは未来のはるか彼方にかすんでいる。では戦争の冒険は？　戦争の冒険はどこにあるのだろう？

ついー〇分ほど前、私は危うく死にかけたが、それについて語るにしても、微細な点として数秒のあいだ視界をよぎった数匹の毒蜂のほかに語るべきものはない。真の冒険だったら、一〇分の一秒ですべてが終わっていただろう。しかも隊には戻ってきた者はいない。真の冒険を語るために戻ってきた者は一人もいない。

「大尉、少し左に踏みこんでください」

デュテルトルのやつ、ラダーペダルが凍結していることを忘れていやがる！　ふと脳裏に一枚の版画がよみがえる。子供の頃心を奪われた版画だ。そこにはオーロラを背景に、氷海に閉ざされ難破した船の墓場が、すさまじい迫力で描かれていた。永遠の黄昏とも言うべき灰色の光のなかに氷結した帆桁を無数の腕のように差し出す難破船の群れ。帆は死に絶えたような大気のなかに広げられたまま、まるで寝台に肩の凹みが残るように、風を孕《はら》んだ痕跡をまだ留めている。けれどもその帆が冷たくこわり、軋んだ音を立てているのがまざまざと感じられるのだった。

この機上でもすべてが凍結している。操縦装置も凍結。機銃も凍結。機銃員のはどうなっているだろうか。私は聞いてみる。

「そっちの機銃は?……」

「まったく駄目です」

「そうか」

マスクの排気管に吐く息は氷の針になる。詰まってしまわないよう、ときどき柔らかいゴム管を押して、霧氷の栓をつぶさなければならない。管を押すたびに、それが軋るのが掌に感じられる。

「機銃員、酸素は大丈夫か?」

「大丈夫です……」

「ボンベの圧力は?」

「ええと……六六です」

「そうか」

われわれにとっては、時間もまた凍結してしまった。ここにいるのは三人の白い髭をはやした老人だ。動くものはなにひとつない。急を要するものはなにひとつない。残酷なものはなにひとつない。


戦争の冒険とは？　アリアス隊長はある日、私に言っておかなければと考えた。

「くれぐれも気をつけてくれたまえ！」

アリアス隊長、一体なにに気をつけろと？　敵戦闘機は雷のように不意に襲いかかってくるのに。要撃隊はこちらより一五〇〇メートルも上の高度で待ち構え、下に獲物を見つけると、慌てずゆっくりと準備に取りかかる。悠々と蛇行を繰り返し、じっくりと方向を定め、おもむろに配置につく。獲物の方はまだなにも気づいていない。だが、もはや猛禽の翼の影に入ったネズミも同然だ。ネズミは自分が生きていると思いこんでいる。いつものように麦畑で跳ね回っている。しかし、もうハイタカの網膜からは逃れられない。ネズミ捕りの粘着剤に捕らえられるよりもしっかりと、その網膜に貼りついているのだ。もはやハイタカが獲物を見失うことはない。

こちらもそのネズミと同じだ。相変わらず操縦したり、夢想にふけったり、地上を観測したりしているが、誰かの目には映っているごく微細な黒い点によって、すでに死を宣告されてしまっているのだ。

要撃隊の九機は、気の向いたときに垂直降下に移るだろう。決して慌てはしない。時速九〇〇キロの速さで、あの見事な銛《もり》の一撃を加え、確実に獲物を仕留めるはずだ。こちらがせめて爆撃機隊なら、強力な火力で防御に成功することもあるかもしれないが、大空に孤立無援で投げ出された偵察機が、七二挺の機銃を相手に勝てるわけはない。しかもその機銃は、無数の弾が光の束となって襲いかかってきてはじめて姿をあらわすのだ。

戦闘が起こったと気づいた瞬間には、敵機はコブラのように毒を一気に吐き終わり、すでに牙を収めてはるか彼方に遠ざかり、上空から悠然と見下ろしているだろう。コブラもまた同じように、鎌首をゆらゆらと振っていたかと思うと、不意に稲妻のような一撃を加え、それからまた何事もなかったかのように鎌首を振るではないか。

要撃隊の姿が見えなくなっても、まだなんの変化もあらわれてこない。搭乗員の顔色ひとつ変わっていない。ところが大空になにもいなくなり平穏が戻ってくると、その顔色が変わる。戦闘機がもはや無関係な傍観者にすぎなくなってはじめて、観測員の断裂した頸動脈から最初の血がどくどくとあふれ、右のエンジンカバーから最初の炎がためらいがちに漏れてくるのだ。それはちょうど、コブラがすでに悠然ととぐろを巻いた後でようやく毒が心臓に達し、顔面筋が痙攣しだすようなものだ。要撃隊は殺すのではない。死の種子を蒔くのだ。要撃隊が過ぎ去ってから、その種子が一気に芽を出す。

一体なにに気をつけろと、アリアス隊長？　先ほど敵戦闘機の群れとすれちがったとき、私にはなにひとつ自分で決める余地はなかった。ともすると奴らにまるで気づかないことだってありえた。むこうがこちらより上空にいたら、まったく気づかなかったはずだ。

一体なにに気をつけろと？　大空にはなにも見えないのに。

大地にもまたなにも見えない。一万メートルの上空から眺めると、人間はもう存在しない。これだけ縮小されると、人間の営みは読み取りようがないのだ。機に搭載している望遠レンズ付き写真機が、ここでは顕微鏡代わりだ。それを使ってもさすがに人間までは捉えることができないが、少なくとも人間がいる徴《しるし》、つまり道路、運河、列車、艀船《はしけぶね》といったものは捉えることができる。人間は顕微鏡のスライドグラスの上に実にさまざまなものをばらまいている。いまの私は冷徹な科学者だ。人間の戦争も、私にとってはもはや実験室の研究材料でしかない。

「デュテルトル、敵は撃ってきてるか？」

「撃ってるようです」

それについてはデュテルトルにもわからない。高射砲弾の炸裂はあまりに遠すぎて、弾煙が地面と見分けがつかないのだ。もとより敵にしたところで、そのような不正確な射撃でわれわれを撃墜できるなどとは思っていない。一万メートルの高度では、まず傷ひとつ負うことはない。敵が撃っているのはわれわれの位置を確認するため、そしておそらくは戦闘機をこちらに誘導するためだろう。この大空に紛れこんでいる、目に見えない埃のような戦闘機の奴らを。

地上の連中がわれわれの位置を識別できるのは、高高度で飛行する飛行機がその背後に、真珠のきらめきを持つ純白の帯を、花嫁のヴェールのように曳いているからだ。

隕石の落下で生じる激しい気流の乱れは、大気中の水蒸気を結晶させる。それと同じでわれわれも、氷の針でできた巻雲《けんうん》を自分の後ろに次々と繰り出しているのだ。外気の条件が雲の形成に適している場合には、この航跡は少しずつ肥大していき、やがては田園の上にたなびく夕雲となる。

戦闘機の群れは、やつらの無線通信と高射砲弾の炸裂煙、そしてわれわれの曳くこれ見よがしに豪奢な純白の帯を頼りに、着々と近づいてくる。それなのにわれわれの方は、恒星間に広がる虚空を思わせる、なにひとつ動くもののない空間に身を浸しつづけている。

現在は時速五三〇キロで飛行中だ……。だが一切は不動と化している。速度というのは、競馬場のような限られた空間でこそ本領を発揮するものだ。しかしこの上空では、すべてが広大無辺の空間に溶けこんでいる。地球は秒速四二キロという猛烈な速度で動いているのに、太陽のまわりをめぐる足取りは遅々たるものだ。一年もかかるのだから。われわれもまた、この引力運動のなかで、徐々に追いつかれているのかもしれない。航空機同士の空中戦など、言ってみれば大聖堂に漂う埃のようなものだ。埃粒のひとつであるわれわれが、別の数十か数百の埃粒を引き寄せているのだろう。

そして地上からは、まるで絨毯《じゅうたん》を叩いたように、無数の細かい塵が太陽へ向かって立ちのぼってくる。

一体なにに気をつけろと、アリアス隊長？　曇りひとつない堅固な風防ガラス越しに真下を見ても、目に入るのは過ぎし時代の細々とした置物だけ。私は博物館の陳列ケースをのぞきこんでいる。だがそれも、もう逆光のなかだ。はるか前方にあるのはおそらくダンケルクの町と海面だろう。だが斜めのこの角度からだと、めぼしいものは見分けられない。いまでは太陽があまりに低くなりすぎて、まるで鏡さながらに光る巨大な金属板を見下ろしながら飛行しているようなものなのだ。

「デュテルトル、なにか見えるか？」

「真下なら見えます……」

「おい、機銃員！　敵機の気配は？」

「ありません……」

実際には、追尾されているのかどうか、まったくわからない。地上から見ると、聖母の紡ぐ糸を思わせる純白の線を曳いて飛行するわれわれの後ろに、同じような純白の線がいくつも付き従っているのかもしれないが、それもわからない。

「聖母の紡ぐ糸」という言葉で、私はまた夢想に誘われる。あるイメージがふと頭に浮かぶ。それはうっとりするほど魅惑的だ。「……美しすぎる女のような近寄りがたさを身にまといつつ、われらは自らの運命をどこまでも追っていく、氷霜の星をちりばめた裳裾《もすそ》をしずしずと曳きながら……」

「もう少し左を踏みこんでください！」

そう、これが現実だ。だが私はふたたび安物の詩に戻っていく。「……美女の旋回に合わせて、恋い焦がれるあまたの男たちも、蒼穹《そうきゅう》の下で一斉に旋回することになろう……」

左を踏みこむ……、左を踏みこむ……、それができれば苦労するものか！

美しすぎる女は、旋回をやり損なう。

「大尉、歌なんか歌ってると……意識を失っちまいますよ……」

私は歌など歌っていたのか？

デュテルトルのやつめ、おかげでちょっと音楽でもという気分どころじゃなくなる。

「撮影ほぼ終了。まもなくアラス方向へ降下できます」

できるとも……。できるとも……もちろん！　好機は逃してはいけないからな。

くそっ！　スロットル・レバーまで凍結してやがる……。


そして私は考える。

「今週に入って帰投したのは、三機中一機。戦争の危険度が高くなっているということだ。しかし、たとえ無事に生還した者の側に加わることになっても、われわれには語るべきことはなにひとつないだろう。これまで私はいくつもの冒険を生きてきた。郵便飛行航路の開拓、サハラの不帰順地帯、南米大陸……それに比べて、戦争は真の冒険ではない。せいぜい冒険の代用品といったところだ。冒険というのは、それが築きあげる絆や投げかけてくる問題、そしてそれに触発されて生み出されるものがいかに豊かであるかにかかっている。コインの表か裏かで決めるような単なる運任せのゲームを冒険に変えるためには、生死を賭けるだけでは駄目なのだ。戦争は冒険ではない。戦争とは病気だ。チフスのような病気なのだ」

おそらくずっと後になってから私は理解するだろう。自分にとって戦争における唯一の冒険は、オルコントのあの寝室での冒険であったことを。

11

オルコントはサン＝ディジエ近郊の村だ。寒さの厳しかった一九三九年の冬のあいだ、隊はそこに宿営していた。私の宿舎は粗壁《あらかべ》の農家だった。夜になると気温はかなり下がって、田舎風の水差しの水も氷になってしまう。だから朝起きて着替えをする前にまずしなければならないのは、もちろん薪に火をつけることだった。しかしそれは、ぬくもりに包まれてうっとりと身体を丸めている心地よい寝床を離れることを意味していた。

凍えるように寒いがらんとした部屋のなか、修道院風のあの簡素な寝台ほど素敵なものはなかった。私は寝床にもぐりこんだまま、苛酷な一日をやりすごした後の至福ともいえる憩いを味わっていた。そして安らぎも。寝床のなかには私を脅かすものはなにもない。この肉体は日中、高高度の厳しい条件と、切り裂くような銃弾にさらされていた。この肉体は日中、苦痛の巣と化して、理不尽に八つ裂きにされる可能性に直面していた。この肉体は日中、私のものではなかった。もはや私のものではなくなっていた。何者かに手足をもぎ取られるかもしれなかった。血という血を抜き取られてしまうかもしれなかった。自分の肉体が、自分とは無縁の小道具を収めた倉庫にすぎなくなってしまうこと、これもまた戦争というものの現実なのだ。執達吏がやってきて目を要求する。すると、見るという能力を引き渡さなければならない。執達吏がやってきて脚を要求する。すると、歩くという能力を引き渡さなければならない。執達吏が松明《たいまつ》を手にやってきて顔の肉すべてを要求する。ほほえんで友情を示す能力を身代金として引き渡してしまえば、もはや一人の怪物にすぎなくなる。昼のさなかには、この肉体は敵意をむき出しにして、私を苛《さいな》むかもしれなかった。苦痛の呻《うめ》きを生み出す場となるかもしれなかった。けれどもその肉体も、いまはまだ従順で親愛なる友だ。毛布の下で丸まったままま どろみ、ただ生きる歓びと幸福な息づかいだけを私の意識に届けている。けれどもそれを寝床から引きずり出して氷のように冷たい水で洗い、髭を剃り、そして服を着せてやらなければならなかった。それもこれも、この肉体をきちんとした姿で無数の鉄の破片にさらすためなのだ。寝床から離れるのは、母の腕から、母の胸から引き離されるような気持ちだった。小さな幼い肉体をいつくしみ、愛撫し、庇護してくれるすべてのものから引き離されるような気持ちだった。

私は熟考を重ね、覚悟が固まるまで待ち、ぎりぎりまで決断を遅らせる。それからようやく歯を食いしばって一気に暖炉まで突進する。薪の束を放り込み、ガソリンを少々振りかける。ひとたびガソリンに火がつくと、部屋の横断をもう一度やり遂げて、急いで寝床にもぐりこむ。私はふたたび心地よいぬくもりに包まれる。毛布と羽根布団にすっぽりとくるまり、右目だけを出して暖炉を見守る。はじめはくすぶっているだけだ。やがて炎がちろちろとあらわれ、その影が天井にうつる。火は暖炉のなかに少しずつ身を落ち着けていく。まるで祝祭の準備が着々と整えられていくかのようだ。火はぱちぱちと爆《は》ぜていたかと思うと、次にはうなるような音を立て、それからようやく歌いはじめる。その陽気さは、村の婚礼の宴で酒を飲みはじめた客たちがほろ酔いの上機嫌になって、肘でお互いをつつきだすときのようだった。

あるいはむしろ、そのやわらかい炎によって自分が守られているような気がしていた。それは、元気いっぱいでよく働く忠実な牧羊犬に守られているような気持ちだった。炎を見つめていると、歓びがふつふつとこみあげてくる。やがて祝祭もいよいよ最高潮をむかえ、黄金色の暖かい音楽に合わせて天井に火影が踊り、炉のすみには早くも赤々と輝く燠《おき》が積まれて、部屋中に煙と松脂《まつやに》のうっとりする匂いが広がる。私は片方の友人のもとを勢いよく離れて、もう一方の友人のもとへと向かう。寝床から暖炉へと駆けて、より気前よく暖かさを与えてくれる方へとおもむく。そこで自分がしていたのは、身体を炙ることだったのか、心を温めることだったのか、いまとなってはよくわからない。私はふたつの誘惑のうちで、強い方の誘惑に、赤々と輝いている方の誘惑に身をゆだねたのだった。にぎやかな音ときらびやかな光をまとった方の誘惑に身をゆだねたのだった。

このようにして三度――はじめは火をともすため、次は寝床に戻るため、そして最後は大きく育った炎を収穫するため――私は歯をかちかち鳴らしながら自分の部屋の凍てつく剝き出しの草原《ステップ》を越え、極地探検にも似たなにかを経験した。私は不毛の大地を横断して、幸福の土地を目指した。その労苦に報いてくれたのがあの大いなる炎、まるでじゃれついて跳ね回る牧羊犬のように、私の前で、私のためだけに踊ってくれるあの大いなる炎だった。

この話はなんでもないように思えるかもしれない。ところが、あれは大冒険だったのだ。オルコントのあの部屋は、もし旅行者としてたまたまこの農家を訪れただけだったら決して見出すことはできなかったものを、曇りなく見せてくれた。私が旅行者だったら、あの部屋が差し出すのは、わずかに寝台と水差しと粗末な暖炉があるだけの、なんの変哲もないがらんとした空間だけだったはずだ。数分もしないうちにあくびが出たに違いない。旅行者にすぎない私にどうして見てとることができただろう、眠り、炎、不毛の大地という三つの風土を、三つの文明を？　どうして感じ取ることができただろう、肉体の冒険——はじめは母親の胸にすがったままやさしく庇護されていた幼な子の肉体が、やがて苦痛にさらされた頑強な兵士の肉体となり、最後には火の文明の作用によって歓びに包まれた人間の肉体へと変わるという、肉体の冒険を。火は人間の関心の中心だ。招く側にとっても、招かれる側にとっても、火は特別なものだ。仲間たちは連れ立ってある友人のもとを訪れると、その友人が享受している火のおこぼれにあずかろうとそのまわりに椅子を引き寄せ、時事問題やら、心配事やら、雑役やらについて話す一方で、手をこすり合わせたりパイプを詰めたりしながら言うのだ。「それにしても火っていうのはいいものだな！」

だがいまとなっては、私に友愛の存在を信じさせてくれる火はない。私に冒険の存在を信じさせてくれる凍てついた部屋はない。私は夢想から目覚める。いまあるのは、まったくの虚空だけだ。極限の老いだけだ。荒唐無稽な望みにしがみついてこう繰り返すデュテルトルの声だけだ。

「大尉、もう少し左を踏みこんでください……」

12

私は職務を正確に遂行している。それでもやはり自分が敗軍の搭乗員であるという思いに変わりはない。私は敗北に浸っている。敗北はいたるところから滲み出してくる。この手が握っているのも敗北の徴《しるし》のひとつだ。

スロットル・レバーが凍結しているのだ。エンジンの出力を全開のままにしておく以外にやりようはない。まったく頑として動こうとしないこの鉄の棒切れ二本ときたら、実に厄介な問題を投げかけてくれる。

現在操縦している機種では、プロペラのピッチ[9]の増加はかなり低く制限されている。したがって出力全開で飛行しつづけるとしたら、時速八〇〇キロ近い速度まで達し、

9　プロペラの羽の角度。これを変えることにより、推力を変化させる。

エンジンの過回転は避けられないと言わざるをえない。過回転はエンジンの爆発という危険に直結する。

最悪の場合にはスイッチを切ることもできる。しかしそんなことをすれば、エンジンの致命的な故障という事態を招きかねない。それによって任務が失敗するのはもちろんのこと、下手をすれば機体の喪失だってありうる。時速一八〇キロで接地する飛行機にとっては、どんな地形のところでも着陸可能というわけにはいかないからだ。

だからこそスロットル・レバーを動かすことが急務なのだ。奮闘の甲斐あって、左のレバーはなんとかなった。しかし右は相変わらずぴくともしない。

ともあれようやく調整可能となったこの左エンジンの回転を下げれば、許容範囲内の速度で降下できるはずだ。だが左の回転を下げると、右エンジンの水平推力によって、機体はどうしても左へと旋回してしまう。したがってその水平推力を相殺して旋回を抑えることが不可欠だ。ところがその操作をするのに必要なラダーペダルもまた、完全に凍結して動かない。つまり水平推力を相殺することは不可能なのだ。左エンジンの回転を下げたりしたら、錐揉《きりも》み状態に陥ってしまう。

つまり私にできることといったら、降下のあいだ、エンジンの破損を招くとされる理論上の回転数をオーバーしたままでいるという危険を冒すことだけだ。三五〇〇回転。これを超えると爆発のおそれがある。

こんなことはみんな馬鹿げている。なにひとつきちんと調整されていない。われわれの世界を作っている歯車は、互いにうまく嚙み合っていない。問題なのは個々の部品ではなく、それらを正確に組み合わせる時計師だ。時計師がいないのだ。

戦争が始まってもう九カ月が経つのに、われわれはいまだ関係工場に対して、機銃や操縦装置を高高度に適応させるに至っていない。工員たちの怠慢に直面しているわけではない。大半は真面目で仕事熱心だ。工員たちが無気力なのは、ほとんどの場合、自分たちのしていることが無意味だからであり、無気力だから無意味なことばかりしているのではない。

自分のしていることが無意味だという思いは、われわれすべての上に宿命のようにのしかかっている。戦車の群に銃剣で突撃する歩兵の上にのしかかっている。一〇機の敵に一機で立ち向かう搭乗員の上にのしかかっている。そして機銃や操縦装置の改良を命じられた者たちの上にものしかかっている。

われわれは行政機構なるものの真っ暗な腹の中にいる。行政機構とはひとつの機械だ。完全であればあるほど、個々人の自由意志は排除される。人間が歯車のひとつとして機能する完璧な行政機構のなかでは、もはや怠惰も不誠実も不正も入り込む余地はない。

だが、機械があらかじめ定められた一連の運動しかできないのと同じように、行政機構はなにひとつ新しく創造することはない。それは管理するだけだ。これこれの過失にはこれこれの処罰を適用し、これこれの問題にはこれこれの解決を適用する。行政機構というのは、新たに生じた問題を解決するようにはできていないのだ。単なるプレス機械に木片を挿入したところで、完成した家具が出てくることはない。状況に応じて臨機応変に機械を対応させるためには、誰かがその機械を改造する権利を持っている必要があるだろう。しかし行政機構は人間の自由意志から生じる不都合を防ぐために作り出されたものであり、その複雑に組み合わされた歯車装置は人間による干渉を拒む。時計師の手が介入してくるのを拒むのだ。

私が二／三三飛行大隊に配属されたのは昨年一一月だ。着任早々、戦友たちから言われた。

「これからはきみもドイツ上空をお散歩だぜ、機銃も操縦装置もなしだがね」

そして私を安心させるためにこうつけ加えた。

「なに、心配することはないさ。なくても困りやしない。敵さんときたら、いつだってこっちが気づく前に撃ち落としてくれるんだから」

半年後の五月になっても、機銃と操縦装置は相変わらず凍結している。


私はこの国と同じくらい古くからある決まり文句を思い浮かべる。「フランスでは、万事休すと思われたとき、奇跡がフランスを救ってくれる」というやつだ。その理由がようやくわかった。なんらかの災厄によって行政機構という見事な機械が狂ってしまい、もはや修復不可能なことが明らかになるたびに、やむをえず機械の代わりに生身の人間でなんとかする、ということがこれまで行われてきたからだ。そしてその人間がすべてを救ったのだ。

爆弾でも落ちて航空省が灰燼《かいじん》に帰すようなことがあれば、一人の伍長が急遽呼び出され、こう命じられるだろう。
「操縦装置が凍結しないようにしたまえ。きみに全権限をゆだねる。なんとかするんだ。二週間経ってもまだ凍結するようだったら営倉送りだ」
そうしたらきっと操縦装置は凍結しなくなるだろう。

行政機構のこうした欠陥の具体例ならいやというほど知っている。たとえば北部のある県では、軍事徴発委員会が孕《はら》んだ牝牛を徴発した結果、食肉処理場を牛の胎児の墓場に変えてしまった。機械を構成するどの歯車も、徴発隊のどの大佐も、歯車として機能する以外にはどうしようもなかった。時計の内部機構と同じで、誰も彼もが隣の歯車に従って動くだけだ。異を唱えたところで無駄だった。だからこそこの機械は、ひとたび狂い始めると、孕んだ牝牛の虐殺にいともやすやすと専念することになったのだ。だがおそらくこれはまだましな方だろう。もっとひどく狂っていたら、大佐連中を虐殺し始めたかもしれないのだから。

どちらを向いても荒廃しか目に入らないこの状況に置かれ、気力の欠片《かけら》も残っていないように感じる。とはいうものの、このまま片方のエンジンを吹っ飛ばしてしまっても仕方ないので、左のレバーにもう一度力をかけてみる。腹立ちまぎれに必要以上に奮闘する。しかしすぐに諦める。こんなことをしたせいで、またもや心臓にちくりとした痛みが走る。人間ってやつは、どう考えても高度一万メートルで体育にいそしむようにはできていない。秘めた内奥に宿るこの痛み、意識が肉体内部の暗い闇のなかで奇妙にもそこだけ一点目覚めているかのようだ。

エンジンめ、勝手に吹っ飛ぶがいいさ。知ったことか。私は呼吸しようと努める。他のことに気を取られたままでいると、呼吸することを忘れてしまいそうになるのだ。私は昔使われていたふいごを思い出す。かつてはみんなあれで弱くなった火をかき立てたものだ。私もいま自分のなかの火をかき立てている。なんとかしてその火を赤々と燃えあがらせたい。

なにか取り返しのつかないものを壊してしまったのではないだろうか。一万メートルの高度では、ちょっとした肉体的な努力が心臓筋の損傷につながるおそれがある。心臓とは実に壊れやすいものなのだ。大事に使って長持ちさせなければならない。こんなどうでもいい作業のために危険にさらすなんて馬鹿げている。それはまるで、ジャガイモひとつ茹でるためにダイヤモンドを燃やして火をおこすようなものだ。

13

それはまるで、ドイツ軍の侵攻を遅らせるために北部フランスの村々を焼き払うようなものだ。そんなことをしたところで半日も遅らせられないのに。それらの村が営々と蓄えてきたもの——古い教会堂、昔からの家々、そしてそこに宿るたくさんの思い出、つややかな胡桃《くるみ》材でできた寄木張りの床、戸棚に収められた上等なリネン類、今日まで破れることなく使われてきた窓のレース——いまやそれがダンケルクからアルザスにいたるまで燃えているのが見える。

燃えている、とは、一万メートルの上空から見下ろす場合には言い過ぎかもしれない。村落の上であれ森林の上であれ、そこにあるのはただ、白っぽいゼリーに似た、じっと動かない煙だけなのだから。火はもはや人知れず進行する消化作用にすぎない。高度一万メートルからだと、もう動くものはなくなってしまい、時の歩みも止まっているかのようだ。乾いた音をたてて燃えさかる火炎もなければ、爆《は》ぜて裂ける大梁《おおばり》も、逆巻く黒煙もない。ただ琥珀の底に沈む灰色と乳白色の混ざった澱みがあるだけだ。

あの森林を癒すことはできるだろうか？　あの村落を癒すことはできるだろうか？　ここから見下ろす火は、疫病の緩慢さで一切を蝕んでいる。

これについてもまた、言うべきことはいくらでもある。「村なんかを惜しんでいるわけにはいかないんだ」と言われるのを耳にした。その言葉も仕方がなかった。戦時下にあっては村はもはや、代々伝わるさまざまな伝統や習わしがひとつに結ばれるような場ではない。ひとたび敵の手に落ちれば、単なるネズミの巣となるだけだ。あらゆるものの意味が一変してしまう。たとえば樹齢三〇〇年におよぶ木々、先祖伝来の古い家をずっと見守ってきたその木々が、二二歳の中尉殿が指揮する砲撃の邪魔になる。中尉殿は一五人ばかりの兵士を寄こして、長い歳月を生き抜いてきたこの古木を切り倒させる。中尉殿はわずか一〇分の砲撃のために、忍耐と太陽の三〇〇年を消し去ってしまう。家族の愛着が、そして庭の木陰で行われたいくつもの婚約式の思い出がつまった三〇〇年を消し去ってしまう。

「うちの木になにをするんだ！」と言ったところで耳を貸しはしない。中尉殿は戦争をしているのだ。これは正当な行為なのだ。

しかしいま村々を焼き払っているのは、戦争というゲームをするためでしかない。庭をめちゃくちゃにしたり、搭乗員を犠牲にしたりするのと同じだ。歩兵部隊を戦車の群に突撃させるのと同じだ。言いようのない嫌な空気が蔓延《まんえん》している。一切がなんの役にも立たないからだ。

敵はある明白な事実をきちんと把握し、利用している。それは、無限に広い大地の上では、人間の占める空間はごくごくわずかなものでしかない、ということだ。前線に切れ目なく人垣を築こうと思ったら、一億の兵員が必要になるだろう。しかしそのようなことはできないから、部隊と部隊のあいだにはどうしても間隙が生じる。その間隙を部隊の機動力によって埋めるのが原則なのだが、敵戦車からしてみれば、ほとんど機動化されていないこちらの部隊などは、動かないも同然だ。つまり部隊間の間隙がそのまま開口部となっているのだ。ここから次のような単純明快な戦術が引き出される。「機甲師団は、水の如く行動すべし。まずは敵軍の防衛線に軽く圧迫を加えて様子をうかがい、抵抗を受けない箇所においてのみ前進すべし」かくして戦車部隊は防衛線を圧迫してくる。間隙は必ずある。戦車部隊は必ず突破するというわけだ。

敵戦車の侵攻は、それを阻止する戦車がこちらにはないため、いとも簡単に行われる。それがもたらすものは、一見すると表面的な破壊——たとえば地区司令部の占拠、電話線の切断、村落の焼失など——にとどまっているように思えるが、実際は取り返しようのない重大な結果を引き起こしているのだ。戦車部隊の侵攻が果たす役割は、人体そのものではなく神経やリンパ節を破壊する化学物質のようなもので、連中によって電撃の速さで掃討された地域では、残っているこちらの軍隊はすべて、たとえほぼ無疵のように見えていても、すでに軍隊としての性格を喪失している。いくつもの孤立した塊が集まっているだけになってしまったのだ。かつてはひとつの有機組織を構成していたのに、いまではばらばらに切り離された器官の寄せ集めにすぎない。それぞれの塊を作っている将兵がどれほど戦闘意欲旺盛でも、敵はその塊のあいだを戦車部隊につづいて好き勝手に前進する。軍隊というものは、単なる将兵の寄せ集めにすぎなくなってしまえば、なんの役にも立たないのだ。

軍備は二週間では調達できない。いや、それ以上かけたところで……。ドイツとの軍備拡張競争ははじめから負けが決まっていた。なにしろこちらは四〇〇〇万人の農民しかいないのに、対する相手には八〇〇〇万人の工業家がついているのだから！

われわれは敵兵三人に対して兵士一人で戦っている。一〇ないし二〇の敵戦闘機に対して一機で戦っている。そしてダンケルク撤退[10]以後は、敵戦車一〇〇両に対して一両で戦っている。われわれには過去を振り返っている暇はない。現在で手一杯なのだ。その現在とは、いま言ったようなものだ。どこでどんな犠牲を払っても、ドイツ軍の侵攻を遅らせることはできない。

こうして民間であろうと軍であろうと、階級の底辺から頂点にいたるまで、つまり配管工から大臣にいたるまで、そして一兵卒から将軍にいたるまで、あらゆるところに後ろめたさのような気分が漂っているが、誰一人としてそれをはっきりさせることはできないし、わざわざ口にしようともしない。犠牲というのは、それがもはや内実を伴わなくなったり、単なる自殺と区別がつかなくなったりした途端に、崇高さの一切を失う。自らを犠牲にするのはすばらしいことだ、その命を捧げることで他の多くの人たちの命が助かるのならば。火災が発生した場合、延焼を防ぐために周囲の建物

10　一九四〇年五月末から六月初めにかけて、ドイツ軍に追いつめられた英仏連合軍約三四万人は、激戦の末ダンケルクから乗船撤退した。

は取り壊されるものだ。塹壕《ざんごう》をめぐらした陣地に取り残された場合は、援軍が到着するまでの時間をかせぐために最後の一兵まで戦うものだ。もちろんそうなのだが、たとえなにをしても、火災はあらゆるところに広がっていくだろう。立て籠もろうにも陣地はないし、援軍のあてもない。それにわれわれが命を賭けて守っている人たち、命を賭けて守っていると思いこんでいる人たちにしても、われわれのせいでかえってその人たちが虐殺される羽目になっているだけのようにも思えてくる。戦争のやり方が一変してしまい、いまでは敵航空機がこちらの部隊の頭上を越えて背後にある都市を破壊しているのだから。

いつの日か外国人たちがフランスを非難する声を聞くことだろう。ある橋を爆破しなかったとか、ある村を焼き払わなかったとか、兵隊たちは命を賭けなかったとか。しかし私の胸を強く打つのは、そうした言葉とは反対の事実、まさに正反対の事実だ。目を覆い耳を塞ごうとするわれわれの途方もない努力。誰の目にも明らかな事実に抗《あらが》うわれわれの絶望的な闘い。一切がなんの役にも立たないと知りながら、それでもわれわれは次々と橋を爆破してゲームをつづけている。本物の村を次々に焼き払ってゲームをつづけている。兵隊が死んでいくのもゲームをつづけるためだ。

もちろんうっかり忘れてしまうことだってあるさ！　橋を爆破し忘れたり、村を焼き忘れたり、兵隊を生きのびさせたり。だがこの敗走のひどいところは、もろもろの行為からあらゆる意味を奪い去ってしまう点だ。橋を爆破する者は誰でも、嫌々ながら爆破する。その兵士は敵の進軍を遅らせているのではない。ただ壊れた橋を作り出しているだけ。いかにも戦争らしい絵になるようにと、祖国を破壊しているのだ！

なんらかの行為に熱意を注ぐためには、その行為の意味が明らかになっている必要がある。刈り取った麦を焼き払うにしても、その灰の下に敵を葬り去るためならば立派な行為だ。しかし敵は、一六〇個師団という数を恃《たの》んで、わが軍の焦土戦術も人的損失も一向に意に介さない。

村を焼き払うのであれば、そのことの意味が村そのものの意味と釣り合うものでなければならないはずだ。それなのに、村を焼き払ったところでそれが果たす役割は、もはや役割とも呼べないような代物でしかない。

死ぬのであれば、そのことの意味が死そのものと釣り合うものでなければならないはずだ。将兵は善戦しているか否か？　そんなのはまったく無意味な質問だ。町の防衛戦においては理論上では三時間が持ちこたえられる限度とされている。それなのに将兵に与えられた命令は、そこを死守せよというものだ。戦う術《すべ》もなくなると、その町を破壊するよう自ら敵にうながす。そのようなことをするのも戦争というゲームのルールをあくまで順守するためなのだ。ちょうどチェスの対戦相手に親切にも「おい、その歩《ポーン》を取り忘れてるぜ……」と教えてやるようなものだ。

そしてこちらから進んで敵に挑んでいくことになる。

「われわれはこの町の守備隊だ。攻撃するのはおまえたちだ。さあ、かかってこい！」

すると、よしとばかりに敵の飛行小隊がやってきて、一撃で町を踏みつぶす。

「お見事！」

もちろん無気力な兵はいる。無気力というのは、絶望が粗雑な形のまま表にあらわれたものだ。もちろん脱走する兵もいる。アリアス隊長自身も、路上で二度か三度、うらぶれた敗残兵に出くわしたことがあった。隊長は拳銃を突きつけて訊問したが、相手は要領を得ない返答をするばかりだった。誰もが敗北の責任者をとらえ、そいつを抹殺することで一切を救いたいと考える。脱走する兵隊たちは脱走の責任を負わなければならない。脱走する兵隊たちがいなければ、脱走そのものが存在しないのだから。したがって拳銃を突きつけて引き金を引くだけですべて丸く収まるかもしれない……。けれどもそれでは、病気をなくすために病人自身を葬り去るようなものだ。結局アリアス隊長は、突きつけていた拳銃をポケットにしまった。不意にその拳銃が、喜歌劇《オペラ・コミック》の舞台で使うサーベルのように、ひどく仰々しいものに映ったからだ。アリアス隊長は、このうらぶれた兵士たちが敗北の結果であって、その原因ではないことをひしひしと感じていたのだ。

アリアス隊長にはよくわかっていた。この男たちは、今日もまたどこかで己の死を受け入れている幾多の兵隊たちとまったく同じなのだ。この二週間で一五万人が死地に赴いた。だがなかには、自分が死ななければならないことに対して納得のいく理由を要求する強情っ張りもいるのだ。

納得のいく理由を示すのは難しい。

一人の走者が、自分と互角の走者を相手に、命を賭けた競走にのぞもうとしている。ところがスタートした直後、自分の足が囚人の鉄球を引きずっていることに気づく。ライバルたちは翼でもあるかのように身軽だ。この競走にはなんの意味もない。男は放棄する。

「こんなことやっても無駄だ……」

「いやいや、そんなことないさ！……」

競走がもはや競走の体をなしていないなかで、この男にどう言葉をかけたら全身全霊をかけて走る気にさせられるだろうか？

アリアス隊長には、目の前にいる兵士たちがなにを考えているかよくわかっている。やはり同じようにこう考えているのだ。

「こんなことやっても無駄だ……」

アリアス隊長は拳銃をしまい、相手が納得できる理由を探す。

それはひとつしかない。たったひとつだけだ。ほかの理由など誰も見つけられはしない。

「きみたちの死によってもなにひとつ変わらないだろう。敗北は避けられない。だが敗北というものは、死者たちの姿をとってあらわれてくるべきものだ。敗北とはひとつの喪でなくてはならないのだ。きみたちが軍務についているのは、その役目を果たすためなのだ」

「了解しました」

アリアス隊長は逃亡兵を軽蔑してはいない。この理由だけで相手の翻意を引き出せることをいやというほどわかっているからだ。隊長自身も死を受け入れている。部下の搭乗員も一人残らず死を受け入れている。われわれにとっても、この理由をわずかに言い方を変えただけで充分だった。

「かなり厄介でね……。だが司令部では是非にとのことでね。どうしてもと言って聞かないんだ……どうにもならんよ……」

「了解いたしました」

私はごく単純にこう信じている。死んでいく者たちは、残される他の者たちの代わりに義務を果たすのだと。

14

私はひどく老い果てて、あらゆるものをはるか後ろに置き去りにしてしまった。そしていま、鏡さながらに光る巨大な金属板をガラス越しに見下ろしている。あそこには人間たちがいるのだ。顕微鏡のスライドグラスにのせられた繊毛虫類[11]のように。繊毛虫類の内輪もめなどにどうして興味を抱くことができるだろう？

別の生き物のように心臓に巣くうこの痛みさえなければ、私は老いた暴君よろしく、ただひたすら漠とした夢想に浸りこんでしまうに違いない。一〇分ほど前にも、芝居じみた話をでっち上げたくらいなのだから。あれは胸くそ悪いでたらめだった。戦闘機の影を視界に認めたとき、恋い焦がれる男たちのことなど思い浮かべただろうか？いや、思い浮かべたのは鋭い針を持つ毒蜂だ。それなら本当だ。ごくごく小さな毒蜂だった。

よくもまあ得々としてあんな裳裾《もすそ》のイメージをでっち上げられたものだ！　航跡から裳裾を思い浮かべたことなどない。そもそも自機の航跡を一度も見たことがないのだから！　この操縦席にぴったりと、まるでケースに収まったパイプのようにはめこまれていて、自分の背後にあるものを見ることは不可能だ。私が背後を見るとしたら、それは機銃員の目を通してのことだ。しかも咽喉マイクが故障していなければの話だが。ところがその機銃員、「こちらに恋い焦がれる求婚者たちが、われわれの裳裾を追ってきます……」などと口にしたためしはない。

残っているのはもはや、すべてのものに対する疑いと、口先だけのまやかしばかりだ。もちろん私だって信じたい。戦いたい。敵を打ち破りたい。けれども祖国の村を焼き払いながら、信じたり、戦ったり、敵を打ち破ったりするふりをしたところで、そこからなんらかの高揚を引き出すのはどだい無理というものだ。

生きるというのは難しい問題だ。人間とはさまざまな関係がひとつに合わさる結び

11　原生動物の単細胞生物群の総称。有機物質を含む水中に生活する微小動物で、全身に繊毛という毛を持ち、これを使って移動する。ゾウリムシ、ラッパムシ、ツリガネムシなどが含まれる。

目でしかない。それなのに私をつないでいるもろもろの絆は、もはや大して価値のないものになってしまっている。

私の内でなにが壊れているのだろうか？　結ばれ合うための秘密とはなんなのだろうか？　いまの私にはあまりに抽象的で遠く思われているものが、別の状況のもとでは深い感動を与えてくれることもあるのは、一体どうしてなのだろうか？　ある言葉やある仕種が一人の人の運命にいつまでも終わることのない波紋を広げることがあるのは、一体どうしてなのだろうか？　もし私がパストゥール[12]だったら、繊毛虫類の戯れにさえ心動かされて、顕微鏡のスライドグラスが原始林よりもずっと広大なものに思われ、それをのぞきこむだけでこのうえなく豊かな冒険を生きることができるようになるのは、一体どうしてなのだろうか？

一体どうしてなのだろうか、はるか下に見える、人家とおぼしきあの小さな点が……。

と、ある思い出が甦ってくる。

まだ子供だった頃……、私は遠い幼年時代にさかのぼっていく。幼年時代、誰もがそこからやってきたこの広大な領土。私はどこからきたのか？　私自身の幼年時代からだ。私は故郷のようなその幼年時代からきたのだ。そう、まだ子供だった頃、ある晩不思議な経験をした。

私は五歳か六歳。時刻は八時だった。八時といえば、子供はもう寝なければならない。冬ならなおさらだ。すっかり暗くなっている時間なのだから。けれども大人たちは私を寝かしつけるのを忘れていた。

その大きな田舎の館[13]の一階には、あの頃の私には途方もなく巨大に思われる玄関ホールがあった。子供たちが夕食をとる暖かい部屋は、その玄関ホールに面していた。

12　ルイ・パストゥール（一八二二～一八九五）は、フランスの化学者、細菌学者。近代微生物学の祖といわれる。発酵の研究で、乳酸菌・酵母菌を発見。また、殺菌法・防腐法を明らかにし、狂犬病の予防接種をはじめとする種々の予防接種に成功した。

13　サン＝テグジュペリが幼少期を過ごしたサン＝モーリス・ド・レマンスの城館のこと。四歳になるかならないかのときに父親を失ったサン＝テグジュペリは、母方の大叔母トリコー伯爵夫人の庇護のもと、リヨンの北東約四〇キロに位置するこの城館で一年の半分を過ごすようになった。

私はずっとそこが怖かった。ランプのかすかな明かりが、ランプというよりむしろぽつんと光る信号灯とでもいった趣きでホールの中央あたりに灯り、黒々とした闇のなかでそこだけをぼんやりと浮かび上がらせていたせいかもしれない。しんと静まりかえった静寂のなかで時折、板張りの高い壁が乾いた音で鳴ったせいかもしれない。あるいはひんやりとした寒さのせいかもしれない。明るく暖かい部屋からホールに足を踏み入れると、洞窟のなかに迷いこんだように思われたのだった。

しかしその晩、自分が大人たちから忘れられていることに気づくと、私は悪魔の囁きに身をゆだねた。把手まで背伸びをして扉をそっと押し開け、こっそりと世界探検に出発したのだ。

とはいうものの、壁板がぴしっと鳴ると、天の怒りを告げられているような気がした。薄暗がりのなかに浮かぶ大きな羽目板は、咎めるような表情でこちらを見ていた。私はそれ以上先に進む勇気がなく、壁際の小机に苦労してよじ登ると、壁に背中をあずけて脚をぶらんとさせた。そうして胸をどきどきさせながら、難破して海のまんなかの暗礁に打ち上げられたような気持ちで、じっとしていた。

そのとき客間の扉が開いて、二人の叔父が姿をあらわした。近寄りがたくて、私がいつも怯えていた叔父たちだ。二人はにぎやかな話し声とまばゆい光があふれる客間の扉を閉めると、玄関ホールをぶらぶら歩きはじめた。

私は見咎められるのではないかとびくびくしていた。二人のうちユベール叔父[14]は、私にとっては厳格さの化身だった。神の裁きの代理人だった。子供に親しい素振りを見せたことなど一度もなく、私がなにか悪いことをするたびに、恐ろしげな眉をひそめてこう言うのだった。「今度アメリカに行ったら、鞭打ち機械を買ってくるからな。アメリカではなんでも進んでいるんだぞ。あの機械のおかげで、あっちでは子供はみんな良い子にしてるんだ。親にとっても大助かりさ……」

私はそんなアメリカが嫌いだった。

さて、叔父たちは私に気づかないまま、凍てついただだっ広いホールを歩きはじめた。私は息をひそめ、頭をくらくらさせながら、二人を目と耳で追った。「いまの時代ときたら」、そう口にすると叔父たちは大人だけの秘密を抱えて遠ざかっていく。私は心のなかで繰り返す。「いまの時代ときたら……」やがて二人が戻ってくると、

14　サン＝テグジュペリの母親マリーの弟、ユベール・ド・フォンコロンブ（一八七八〜一九四三）。

寄せ波のようにまた私のもとへ解読不能な宝を運んでくる。「正気の沙汰じゃない。まったくもって正気の沙汰じゃない」とどちらかが話している。私はその言葉をなにか貴重な品物のように拾い上げると、それが五歳の自分の頭にどんな影響をおよぼすのか試すために、ゆっくりと繰り返してみる。「正気の沙汰じゃない。まったくもって正気の沙汰じゃない……」

こうして叔父たちは、返す波にのって遠ざかり、寄せる波にのって戻ってくるのだった。幼い私に人生というものの展望をおぼろげに開いてくれるこの往復運動は、星の運行の規則正しさでつづき、まるで重力現象のようだった。私は壁際の小机に永遠に釘付けにされたまま、一切を知る二人の叔父が世界の創造を協議している厳粛な秘密会議を盗み聞きしていた。この館は一〇〇〇年先まで残っているに違いない。その一〇〇〇年のあいだ、二人の叔父は時計の振り子のような緩慢さでホールを行きつ戻りつしながら、いつまでもそこに永遠の味わいを与えつづけるだろう。

いま私が見下ろしている黒点、あれはおそらく一万メートル下にある一軒の人家だろう。私はそこからなにも感じ取れない。しかしもしかすると、あれは大きな田舎の館で、二人の叔父が行きつ戻りつしながら、一人の子供の頭のなかに、果てしない大海原と同じくらい途方もないものをゆっくりと築いているところかもしれない。

私が一万メートルの上空から眺めているのは、ひとつの州に匹敵するほどの広さなのだが、そのくせなにもかもが息が詰まるほど小さなものになってしまっている。いまの私が持っている空間は、眼下に見えるあの微細な粒のなかで持っていた空間よりもずっと狭い。

私は広がりの感覚というものを喪失してしまったのだ。私には広がりが見えていない。しかしそれに対する渇望のようなものはある。いまの私は、人間が抱くあらゆる憧憬の根底に共通して流れるものに触れているのかもしれない。

なんらかの偶然によって愛が目覚めると、その人間の内にある一切のものが、この愛によってしかるべき位置を与えられる。愛のおかげで人間は広がりの感覚を持つようになるのだ。かつてサハラ砂漠にいた頃、夜中にアラブ人たちがわれわれが囲む火のそばに突然あらわれ、危険が彼方から迫りつつあることを教えてくれると、そのたびに砂漠は結び合わされて、ひとつの意味を帯びるようになるのだった。あの使者たちが砂漠の広がりを築きあげてくれたからだ。美しい音楽を聞く場合も同じだ。古い戸棚のなんでもない匂いがさまざまな思い出を呼び覚まして結び合わせる場合も同じだ。しみじみと心に染み入るもの、それが広がりの感覚だ。

もちろん、人間に関することはなんであれ、数で数えたり寸法で測ったりできないことも理解している。真の広がりというのは、目でとらえられるものではない。ただ精神によってのみとらえられるものなのだ。広がりの持つ重要さは、言葉の持つ重要さそのものだ。言葉によって事物は相互に結びつけられるのだから。

こう考えてくると、文明がどんなものなのか、幾分はっきりと見えてくるような気がする。文明とは、何世紀にもわたって少しずつ積みあげられ、そして連綿と受け継がれてきた、さまざまな信仰や習慣や知識の総体なのだ。信仰や習慣や知識といったものは、理屈で正当化するのは難しいが、自ずと正当化される。それは、最終的にどこかへ通じていることによって道が正当化されるのと同じだ。人間の内部に広がりをもたらしてくれるものだからだ。

一時期、脱出の必要性なるものを説くくだらない文学が流行った。たしかに人は旅に逃れることによって、広がりを見出そうとする。しかしそんなものは見つからない。

広がりは作り出されるものだ。だから脱出したところで決してどこへも行きつくことはなかったのだ。

人間は、己を人間だと実感するために競走をしたり、合唱をしたり、あるいは戦争をしたりするが、それはつまり、どうにかして関係を打ち立てて、他者や世界に自分を結びつけようとしていることにほかならない。だがなんと貧相な絆だろう！　文明に力があるときは、たとえ人間がそのように動き回っていなくても、文明が人間を満たしてくれるものなのに。

ある静かな町、雨のそぼ降るどんよりとした空の下、修道院の窓辺で、身体の不自由な女が一人もの思いにふけっているのが見える。この女《ひと》は誰なのか？　どのような身の上なのか？　私ならこの女性の存在が持つ密度によって、この小さな町の文明を判断するだろう。じっと動かずにいるとき、われわれには存在の密度のほかにどのような価値があるというのか。

祈りを捧げるドミニコ会修道士のなかには存在の濃密さがある。こうやってひれ伏したまま身じろぎしないでいるとき以上に、この修道士が人間であることはない。息をひそめて顕微鏡をのぞきこんでいるパストゥールのなかには存在の濃密さがある。

こうやってじっと観察しているとき以上に、パストゥールが人間であることはない。このときパストゥールは前進している。足早に進んでいる。身体はその場をじっと動かないものの、巨人の歩みで進みながら、広がりを見出しているのだ。同じように、素描を前に黙りこんだまま身じろぎもしないセザンヌも、はかりしれないほどの存在の濃密さを体現している。こうやって沈黙のなかで絵に向き合い思索をめぐらせているとき以上に、セザンヌが人間であることはない。このとき画家にとっての画布は、海より広大なものとなる。

幼年時代の館によってもたらされる広がり、オルコントのあの部屋によってもたらされる広がり、顕微鏡の視野によってパストゥールにもたらされる広がり、詩によって開かれる広がり、こういったものはすべて、ただ文明だけが与えてくれる、繊細でかけがえのない財産の数々だ。というのも、広がりというのは目のためではなく精神のためのものであり、言葉によってはじめて創り出されるからだ。

だがどのようにして私の言葉にふたたび命を吹きこめばいいのだろう、なにもかもが混乱のさなかにあるというのに？　庭の木々は何世代にもわたる家族を時の流れにのせて運ぶ船である一方で、砲兵の射撃を邪魔する単なる障害物にすぎない。爆撃機の編隊という圧搾機は都市を容赦なく押しつぶし、搾りだされた全住民が黒い汁となって道路を流れていく。フランスは蟻塚を崩した後のおぞましい混乱に陥っている。戦うにしても、実際の敵を相手にしているのではなく、ラダーペダルの凍結やら、レバーの故障やら、ボルトのゆるみが相手ときている……。

「降下可能です！」

降下してもいいそうだ。降下するとしよう。低空でアラスへ向かうことになる。私には、それをやり遂げるのを手助けしてくれる一〇〇〇年におよぶ文明の支えがあるのだ。しかしそれは一向に助けてはくれない。たぶんまだそのときではないのだろう。

時速八〇〇キロ、毎分三五三〇回転で高度を下げていく。旋回したために、異様なまでに赤い高緯度の太陽とはおさらばした。前方五〇〇〇から六〇〇〇メートル下には、氷原のようにも見える直線的な形の雲群。フランスの一部はすっぽりとその影に覆われている。アラスも影のなかだ。純白のあの雲の下では、なにもかもが黒ずんでいるのだろう。あのあたりは戦争がぐつぐつ煮えている大鍋の腹だ。身動きもとれない道路の混雑、火災、散乱する資材、瓦礫と化した村落、乱雑さ……、どうにも手の施しようのない乱雑さ。こういったものがあの雲の下でなんの意味もなくうごめいている、石の下にいるワラジムシのように。

この降下は、零落して落ちぶれていく歩みに似ている。まもなくあの泥土のなかを這いまわらなくてはならなくなるのだ。われわれは荒れ果てた野蛮状態へふたたび戻ろうとしている。下に広がっているのは、なにもかもが崩壊しつつある世界。われわれは没落した金持ちのようなものだ。長いあいだ珊瑚礁と椰子の国で悠々と暮らしていたのに、破産の憂き目にあって貧しい故郷に逆戻り。そこで待っているのは、意地汚い家族と囲むぎとぎとと脂ぎった食事、とげとげしい内輪喧嘩、執達吏の取り立て、金の苦労のやましさ、むなしい希望、人目を避けた夜逃げ、家主の横柄さ、慈善病院での病苦の果てにある悪臭を放つ死。少なくともこの上空では、死は清らかなのに！氷と火とによる死。太陽と、大空と、氷と、そして火と。だが下界では、粘つく土に蝕まれて腐っていくのだ！

15

「大尉、針路を南に。高度を下げるのはフランス領空内の方がいいと思われます」

すでに肉眼でもはっきりとらえられるようになった黒い道路を見つめながら、私は平和とはなんであるかを理解する。平和のあいだは、なにもかもがそれ自体の内にきちんと収まっている。

日が暮れると、村には村人が戻ってくる。穀倉には刈り入れられた穀物が戻ってくる。リネン類はたたんで戸棚に収められる。平和なときには、それぞれの品物がどこにあるのかわかっている。どこに行けば友人に会えるかわかっている。夜にどこで眠ればいいかもわかっている。けれども、その枠組みが崩れるとき、世界のなかにもはや自分の居場所がなくなるとき、どこに行けば愛する者に会えるかわからなくなるとき、海に出ていった夫が戻ってこなくなってしまったとき、平和は消え失せる。

さまざまな事物を通して、あるひとつの顔があらわれてくる。それを見てとることができる状態が平和というものなのだ。そのようなことが可能になるのは、事物ひとつひとつが意味を備え、あるべき場所に収まっているときだ。地中では互いに無関係だった雑多な無機物が樹木のなかでは互いに結ばれるように、それぞれの事物が互いに結びついてなにかもっと大きなものを形作っているときだ。

けれどもいまは戦争なのだ。

私は黒い道路を見下ろしながら飛行している。まるでどこまでもとめどなく流れる黒いシロップだ。人々を立ち退かせているという話だが、その言い方はもはや実情を反映していない。人々は勝手に立ち退いているのだ。この大移動には狂気じみた伝染力がある。流浪民は一体どこへ行こうとしているのだろう？　そちらへ行けば住居も食糧もあるとでもいうかのように、そちらへ行けば自分たちを迎え入れてくれる優しさがあるとでもいうかのように、誰もが南へ向かって歩き出す。しかしいざ南に行っても待っているのは、すでにはち切れんばかりに膨れあがった都市ばかり、納屋までもが寝る人であふれ、食糧も底を尽きかけている。避難民は泥の河の緩慢さで押し寄せ、少しずつ住民を飲みこんでいく。この侵蝕の理不尽さを前に、どんなに心の広い住民も次第次第に反感をあらわにするようになる。ひとつの地方だけでフランス全体の寝食の面倒をみることなど、できるわけがない。

流浪民はどこへ行こうとしているのだろう？　自分たちにもわかっていないのだ！　あるとも知れぬ目的地を求めて、いつまでもただひたすら歩きつづける。ようやく身を休らえるオアシスにたどり着いても、その瞬間にそこはもうオアシスではなくなってしまう。今度はそのオアシスが崩れ落ち、さらに数を増した流浪の群れとなって流れ出すことになるのだ。まだ生命を保っているように見える本物の村にたどり着くと、人々は最初の晩にはやくもすべての食糧を食い尽くしてしまう。蛆虫《うじむし》が骨までしゃぶりつくすように、村をしゃぶりつくすのだ。

敵軍の侵攻は避難民の大移動よりも速い。場所によっては敵装甲車が避難民の流れを追い越す。すると流れはねっとりと澱んで逆流する。その粘ついた粥《かゆ》に足を取られるドイツ軍師団もでてくる。場所によっては、別のところで人を殺してきた連中がこちらでは飲み水を与えているという驚くべき逆説に出くわすこともある。

以前われわれは、撤退するあいだに次々と一〇ばかりの村に宿営した。そのたびに出会ったのは、のろのろとした足取りで自分たちの村を後にしようとしている人々だった。

「どこへ行くんだね?」

「わかりませんよ」

村人たちはなにひとつとして知らなかった。誰もなにひとつ知らなかった。村から出ていくだけだ。避難先などもうどこにもない。道路はもうまともに通行もできない。それにもかかわらず村から出ていくのだ。北フランスで何者かが蟻塚を蹴散らしてしまったので、蟻の群れは逃げ出すことになった。黙々と。慌てふためくこともなく。希望も持たず。絶望もせず。まるで義務のようにして。

「立ち退きの命令を出したのは誰なんだね?」

それはいつでも村長か、小学校の校長か、助役だった。ある朝、三時頃、突然命令が出され村中を急き立てたのだ。

「立ち退きだ」

村人たちはそれを予期していた。二週間このかた、避難民たちが通りすぎていくのを目にしているうちに、自分たちも家の永続性に信頼を置くのをやめてしまったのだ。

人間はもう久しい以前から流浪生活をやめていたというのに。人間は幾世紀もつづく村落を築いてきた。子々孫々まで使われる家具を磨いてきた。代々伝わる家は、生まれてきた赤ん坊を迎え入れ、その成長に寄り添い、やがて死を看取った後、今度はその息子をのせて、ひとつの岸辺から別の岸辺へと頑丈な船のように運んでいった。しかし、ひとところに住まうのはもうおしまいだ。人々は逃げていく。なぜ逃げるのかもわからないまま逃げていく。

16

街道上で遭遇する出来事というのは重苦しい。搭乗員はときとして、午前の任務だけでアルザスからベルギー、オランダ、フランス北部地方、そして海上という広い範囲を見回ったりもする。しかし、われわれの抱える問題の大半は地上に関するものであり、たいていの場合われわれの視野はどこまでも狭められ、下手をすると四つ辻の渋滞だけに限られてしまう。ほんの三日前にも、デュテルトルと私は、駐屯している村が崩壊していく場に居合わせた。

その記憶がしつこくまとわりついてくる。おそらくこれから先もずっと振り払うことはできないだろう。朝の六時頃、デュテルトルと私は宿舎からの出がけに、なんともすさまじい混乱に出くわした。村中のどの車庫も倉庫も納屋も、ありとあらゆる雑多な車両を、狭い通りに向かってつぎつぎと吐き出していたのだ。新品の自動車、五

○年も埃をかぶっていた古くさい時代遅れの馬車、秣《まぐさ》用の荷車、手押し車、乗合馬車、放下車[15]。この車市をよく探してみれば、駅馬車だって見つかるに違いない。誰も彼もがとにかく車輪のついたものならどんなものでも引っ張り出してくる。そこに家中の宝物が積みこまれる。包んでいるシーツに穴が空いて中身が飛び出しているのもお構いなしに、手当たり次第に運ばれていく。こうなるともうがらくたと区別がつかない。

それらの宝物は、かつてはその家の顔立ちといったものを形作っていた。それぞれの家で代々特別な愛着を注がれてきた品物だった。どれもがあるべき場所に置かれ、日々の生活のなかで欠かせないものとなり、思い出によって美化されていた。家族にとっての祖国とでも呼べるものを作り出しているからこそ、そのひとつひとつにはかけがえのない価値が宿っていた。しかし人々はそういったものそれ自体のなかに価値があると思いこみ、もともとあった場所である暖炉や食卓や壁から引き剝がして、乱雑に積み上げたのだ。そこにはもはや安っぽい古道具があるだけだ。大切な思い出の品々も、こうやって積み上げられてしまうと、吐き気を催させる代物でしかない。

15 後部を傾けて積載物を降ろす荷車。

われわれの目の前で、早くもなにかが崩壊しつつある。

「まったくなんていう騒ぎだ！　一体なにがあったんだね？」

カフェに行くと、おかみは肩をすくめて言う。

「村を出るんですよ」

「それはまたどうして？」

「さあ。村長さんがそう言ったんです」

おかみはひどく忙しそうだ。階段を駆けあがっていく。デュテルトルと私は往来を眺める。トラックにも自動車にも荷車にも馬車にも、子供とマットレスと台所道具が一緒くたに積まれている。

なかでも惨めな姿をさらしているのは古びた自動車だ。馬は荷車の轅《ながえ》のあいだにすっくと立ち、見るからに健康そうだ。馬には交換部品などいらない。荷車にしても、釘の三本もあれば修理できる。ところが機械時代のこういった遺物ときたら！　ピストンやらバルブやらマグネト発電機やら歯車やらを寄せ集めたこいつらが、果たしていつまで動いてくれることやら。

「……大尉さん……、手伝ってもらえません？」

「いいとも。なにをすればいいんだい？」

「納屋から車を出してほしいんです……」

私はあきれておかみを見つめる。

「おまえさん、運転できないだろ？」

「でも……、道路に出ればなんとかなります……、出さえすればなんとか……」

おかみと義妹、それに子供七人を乗せていくらしい……。

道路に出れば、だって？　道路に出たところで、二〇〇メートルずつしか動けず、一日に二〇キロ進むのが関の山だ。どうしようもなく混乱した渋滞のなかで、二〇〇メートルごとにブレーキを踏んだり、エンジンを止めたり、クラッチを切ってはつないだり、ギアを変えたりしなければならないのだ。すぐに壊してしまうはずだ。ガソリンが切れるだろう。それにオイルも。水の補給だって忘れるに違いない。

「水には気をつけたほうがいい。このラジエーターは笊《ざる》みたいに漏るから」

「まあ！　なにしろ古い車ですから……」

「おそらく一週間は走ることになるだろう。大丈夫かい？」

「さあ、どうでしょう……」

ここから一〇キロも行かないうちに、おかみは三台の車に衝突し、クラッチを焼き付かせ、タイヤをパンクさせてしまうだろう。おかみと義妹、それに七人の子供たちは泣き出すだろう。自分たちの力ではどうすることもできない問題に打ちのめされ、おかみと義妹、それに七人の子供たちは途方に暮れて路傍に座りこみ、羊飼いが通りかかるのをじっと待つことになるだろう。しかし羊飼いといったって……。

それだ……、羊飼いが、群れを導くはずの羊飼いが驚くほど不足しているのだ。デュテルトルと私が目の当たりにしているのは、導き手なしに勝手にどこかへ行こうとしている羊の群れだ。その群れが、機械の耳障りな騒音をまき散らしながら、村を出ていくのだ。三〇〇〇のピストン。六〇〇〇のバルブ。そのどれもが軋《きし》んだり、擦れたり、ぶつかったりする。ラジエーターのなかでは水が沸騰する。こうしてようやく、この見捨てられた一行は歩きはじめる。交換部品も、タイヤも、ガソリンも、整備士も持たずに。まったく正気の沙汰ではない。

「村に残るわけにはいかないのかい？」

「ええ、それはもう、できることならここにいたいですよ」

「じゃあなんで出ていくんだね？」

「そう言われたものですから……」

「誰に？」

「村長さんに……」

いつだって村長だ。

「もちろん、誰だってここに残りたがっているんですけど」

そうだろう。あたりを満たしているのは不安に駆られた混乱ではなく、逃れようのない賦役に服する諦めだ。デュテルトルと私はそこにつけこんで、何人かの村人を焚きつける。

「そんな荷物はみんなおろしちまったらどうだ？　ここにいれば少なくとも飲み水には困らないだろ」

「そうしたいのは山々なんですが……」

「そうしたいならすればいいじゃないか！」

うまくいった。まわりに人が集まってきた。こちらの話に耳を傾けながら、しきりにうなずいている。

「……大尉さんの言う通りだ！」

私の感化を受けた者たちが、後を継いで説得に乗り出す。なかでも道路作業員の男は私以上に熱心だ。

「俺は前からずっと言ってたんだ！　村を出ちまったら、食い物はどうする？　道路の砕石を食う羽目になるぞ」

一同は話し合う。そして意見の一致をみる。ここに残ることにしよう。何人かがそこを離れて、ほかの村人を説得しにいく。だがその者たちは肩を落として戻ってくる。

「駄目だ。やっぱり俺たちも出ていかなきゃならない」

「どうして？」

「パン屋が出ていっちまったんだ。パンなしじゃどうしようもない」

村はもう調子が狂っている。どこかに裂け目ができてしまったのだ。なにもかもがまもなくそこから流れ出していくだろう。もう希望はない。

デュテルトルの考えはこうだ。

「これもみんな、戦争は異常な状態なんだって思わせちまったからでしょうね。昔はみんな自分の家にとどまっていたもんです。戦争と普段の生活とは切り離されてませんでしたからね……」

おかみがふたたび姿をあらわす。大きな袋を引きずっている。

「俺たちは四五分後に飛び立つんだが……。コーヒーをもらってもいいかい？」

「すいません、お気の毒ですが……」

そう言うと涙を拭う。だからといって、われわれの不幸を思って泣いているわけではない。自分の不幸を思って泣いているわけでもない。はやくも疲れ果てて泣いているのだ。おかみはすでに自分が、人々の群れに巻きこまれ、もみくちゃにされているように感じている。人波は一キロ進むごとに混乱の度を深めていくだろう。

しばらく先の、さえぎるもののない平野では、ときとして敵戦闘機が低空で飛来し、この惨めな群れに機銃掃射を浴びせることもあるだろう。しかし意外なことに、ふつうその攻撃はごくあっさりしたものだ。自動車が炎上するが、数は多くない。ほとんど死者もでない。不要不急の攻撃で、いわば忠告のようなものだ。あるいは牧羊犬が羊の脛を咬んで、群れの歩みを速めさせるようなものだ。もっともこの場合は群れを混乱させることにしかならないが。だが敵はなぜ、なんの重要性もない、こんな局地的かつ散発的な攻撃を仕掛けてくるのだろうか？　避難民一行の調子を狂わせるのなら、こんな手間をかけるまでもない。攻撃など必要ないのだ。機械は自分の方から勝手に狂っていくのだから。機械というのは、時間に余裕のある、平和で安定した社会を想定して作られている。それを修理したり、調整したり、油を差したりする者がいなくなると、すさまじい速さで老朽化していく。これらの自動車も、今晩にはもう、一〇〇〇年も歳を取ったような姿になるだろう。

まるで機械の末期《まつご》の時に立ち会っている気分だ。

あそこにいる男は、晴れ晴れとした顔で座席にふんぞり返って、王様さながらの威厳で馬に鞭をくれている。どうやら一杯聞こし召してきたらしい。

「やあ、ご機嫌じゃないか！」

「そりゃあもう、世界の終わりですからな！」

日々の仕事にいそしむ人たち、ささやかな暮らしを送る人たち、ここにいる誰もがきちんと定まった役割を持ち、異なってはいるがどれも大切な職業についているのに、それも今晩には、社会に寄生して生きる害虫にすぎなくなってしまうのだ。そう考えると漠とした不安に襲われる。

田園に広がり、それを食い尽くしてしまうことになるのだ。

「誰が食糧の面倒をみてくれるんだい？」

「さあ……」

一日に五キロから二〇キロの足取りで当てもなく街道を進んでいく数百万の流浪の民に、どうやって食糧を与えられるだろう。たとえ支給する食糧があったところで、輸送することなどできるはずもない。

人間と屑鉄が入り混じるこの混乱を前にしていると、不意にリビア砂漠が思い出されてくる。[16] あのとき、プレヴォと私のまわりに広がっていたのは、大地を覆う黒い岩にぎらぎらと太陽が照りつける、生命の息吹ひとつない風景だった。鉄の外被をまとった風景だった……。

私は目の前の光景をある種絶望的な気持ちで見つめる。砕石道路に襲いかかるこのイナゴの群れは、果たしていつまで生きながらえるだろう？

「飲み水は？　雨が降るのを待つのかい？」

「さあ……」

16　一九三五年一二月、サン＝テグジュペリはパリ－サイゴン間の飛行記録更新をめざして、機関士アンドレ・プレヴォとともに出発したが、リビア砂漠に不時着。隊商の一行に助けられ、奇跡的に生還する。この経験は『人間の大地』の「砂漠の中心で」に詳しく描かれている。

村ではここ一〇日間、北からの避難民がひっきりなしに通り過ぎていた。村人たちは一〇日のあいだ、延々とつづくその大移動を目の当たりにしていた。今度は自分たちの番だ。いよいよその行列に加わるのだ。だが、自信があるわけではない。

「どうせ死ぬんなら、自分の家で死にたいもんです」

「誰でも自分の家で死にたいものさ」

そうだろう。誰ひとりとして村を出ていきたくはないのだ。それなのに村全体が砂の城のように崩れ出している。

もしフランスに予備軍があったとしても、この道路の状況では予備軍を輸送することなど到底不可能だろう。たとえ故障車が止まっていたり、車の列が詰まっていたり、四つ辻が身動きできないほど混雑していたりしても、どうにかして流れとともに南下することはできる。けれども流れに逆行することなどできるだろうか？

「予備軍なんてひとつもありませんよ」とデュテルトルは言う。「実によくしたものです……」

うわさでは、政府が昨日から村の立ち退きを禁じたらしい。だがこういった命令は、どうやって広まっていくのだろう？　なにしろ道路はもはや通行不能なのだ。電話回線にしたところで、混み合っているか、断線しているか、混線している。そもそも命令を与えることが重要なのではない。問題は人々の考え方を変えることなのだ。男たちは千年来、婦女子は戦争の埒外《らちがい》にあるべし、と教えこまれている。戦争は男の仕事だからだ。村長はこの掟をよく知っている。助役も校長もだ。それなのに突然、立ち退き禁止の命令を受ける。婦女子を砲撃下にとどまらせよ、というのだ。この新しい状況にあわせて意識を調整するのに一カ月はかかるだろう。思考体系を一挙に転換することは難しいのだ。しかし敵の進軍は待ってはくれない。だから村長や助役や校長は、住民を街道に放つのだ。なにをすればいいのか？　真実はどこにあるのか？　なにもわからないまま、羊の群れは導く羊飼いもなしに出発する。


「このあたりにお医者さんはいませんか？」

「この村の人ではないのかい？」

「ええ、北の方からやってきたんです」

「どうして医者を？」

「妻が産気づいたんです、馬車のなかで……」

どこを向いても屑鉄だらけという荒んだ場所で、台所道具に囲まれたまま、茨の上に横たわるようにしてお産をするのだ。

「前からわかってたことではないのかい？」

「なにしろ四日も道の上でしたから」

もっともな話だ。なにしろ道路は手のつけられない河と化している。どこに泊まることができるだろう。村は順々にその河に飲みこまれ、下水渠《げすいきょ》に流れこむようにして、次々と空になっていくのだ。

「残念だが医者はいない。隊の軍医なら二〇キロ先にいるのだが」

「そうなんですか」

男は顔の汗をぬぐう。なにもかもが荒廃している。男の妻はお産をする、往来のまんなかで、雑多な台所道具に囲まれたまま。だがそこにはなにひとつとして残酷なものはない。人間的なものから途方もなく遠いものになってしまっている、ただそれだけのことだ。誰も不平をこぼしたりはしない。不平にはもはや意味はない。男の妻は死にかけているが、男は不平をこぼさない。なるようにしかならないのだ。これは悪夢のようなものだ。

「せめてどこかに泊まれればいいのですが……」

どこかに本当の村が、本当の宿屋が、本当の病院が見つかりさえすれば……。しかし、なぜだか理由はわからないが、病院までもが立ち退かされているのだ！　それが戦争というゲームの規則なのだ。規則を作り直す時間はない。どこかに本当の死が見つかりさえしたら！　だがもはや本当の死など存在しない。ただ肉体が使い物にならなくなるだけ、自動車と同じだ。

いたるところに憔悴しきった慌ただしさが、慌ただしさを放棄した慌ただしさが充満しているのを感じる。敵の戦車は一日に一〇〇キロ以上の速さで田野を進み、敵の飛行機は時速六〇〇キロで移動するというのに、人々は一日にわずか五キロの足取りで逃げていく。倒れた瓶から流れ出すねっとりとしたシロップそっくりだ。妻のお産が差し迫っているのに、男にはありあまるほど時間がある。一刻を争うはずのものなのに、そうではなくなっているのだ。慌ただしさと永遠のあいだで、事態は不安定な均衡を保っている。

あらゆるものが、瀕死の人の反応のように緩慢になってしまっているのだ。もはや屠場を前にしたまま、疲れ果ててその場でぐずぐずしている巨大な群れがあるだけだ。砕石道路に放り出されたのは五〇〇万人だろうか、一〇〇〇万人だろうか？　それだけの人間が、永遠の懐に踏み出す一歩手前で、疲労と倦怠に包まれたまま足踏みをしているのだ。

正直なところ、この人たちがどうやって生きのびていくのか、私には見当もつかない。人間は木の枝を食べては生きられない。そのことに薄々気づいていても、大して不安には感じていないらしい。人々は己の生活環境からもぎ離され、己の仕事、己の義務からもぎ離されて、意味という意味を喪失してしまった。自分が何者であるのかということさえ、かき消されてしまった。いまやかろうじて存在しているにすぎない。もっと後になれば、自分たちの苦しみをいろいろと口にするだろうが、さしあたっていま苦しんでいるのは腰の痛みだ。運ぶべき荷物、結び目がほどけて中身をぶちまけるシーツの包み、エンジンをかけるのに押してやらなければならない自動車、こういったものがあまりに多くて腰が痛むのだ。

敗北のことは誰も口にしない。あまりに明白だからだ。誰だって自分を形作っているものについてわざわざ説明する必要など感じないだろう。この人たちそのものが敗北を体現しているのだ。

はらわたをはみ出させたフランス、それが突然はっきりと私の脳裏に浮かぶ。急いで傷口を縫合しなければ。ぐずぐずしているひまはない。人々は死を宣告されているのだから……。

死はもうはじまっている。はやくも窒息しかかっているではないか、水を離れた魚のように。

「このあたりに牛乳はありませんか?……」

いやはや、抱腹絶倒ものの質問だ!

「この子、昨日からなんにも飲んでないんです……」

生後六カ月の乳飲み子だ。まだ元気な泣き声をあげている。だがこの泣き声も長くはつづくまい。魚だって水がなければ……。このあたりに牛乳などあるわけがない。あるのは屑鉄だけだ。一キロ進むごとにがたがきて、ナットやらネジやら外板やらを落とす役立たずの巨大な屑鉄。それが驚くほど無意味な逃避行をつづけながら、流浪の民を虚無へと運んでいく。

南に数キロのところで敵機が機銃掃射をしているといううわさが流れる。爆弾まで落としているらしい。たしかに爆発音がかすかに聞こえる。たぶんうわさは本当なのだろう。

しかし群衆は恐がりもしない。かえって少しばかり活気づいたようにも見える。こういった具体的な危険の方が、屑鉄に飲みこまれるよりはましだと思っているのだ。

それにしても、あとになって歴史家どもが作りあげる図式ときたら！　なにもかもが混じりあい錯綜するこの混沌とした状態に意味を与えようとして考え出す筋道ときたら！　連中が取り上げるのは、大臣が口にした言葉や将軍の決定、委員会の議論といったものだろう。そして、この亡霊どもの大言壮語をもとに、長期的展望と責任に基づく歴史的会談なるものを作り出すに違いない。受諾やら、抵抗やら、高邁な義務を説くコルネイユ風弁論やら、裏切りといったものをでっち上げるに違いない。だが私は、立ち退きになった省庁がどんなものかよく知っている。たまたまそのひとつを訪れたことがあったからだ。すぐに理解したのは、行政組織というものはひとたび移転してしまうともはや行政組織としての体をなさない、ということだった。人体と同じだ。胃袋はこちら、肝臓はあちら、腸はまた別のところ、といった具合に場所を移してしまったら、それらを寄せ集めてももう人体を構成することはない。私は航空省で二〇分ほど過ごした。なるほど、大臣閣下は守衛になら影響力を行使することができる。しかも奇跡的なまでの影響力を。電鈴がまだ大臣閣下と守衛を繋いでいるからだ。電鈴は壊れていない。閣下がボタンを押すと守衛がやってくる。

上出来だ。

「車をまわせ」と大臣閣下がご下命なさる。

しかし閣下のご威光もここまでだ。大臣閣下は守衛に命令するが、守衛の方は閣下の車なるものがこの地上に存在するのかどうかも知らないのだ。守衛とその車の運転手を繋ぐ電線は一本もない。運転手は世界のどこかに行方知らずになっているのだ。お偉いさん方に一体戦争のなにを知ることができるだろう？　われわれにしたところで、連絡が麻痺しているため、発見した敵機甲師団に対して爆撃機を出撃させるのに、いまから一週間はかかるというありさまだ。はらわたを抜き取られてしまったこの国で、どんな声が為政者の耳にまで届くだろう？　情報は街道に沿って一日二〇キロの足取りで広がるだけだ。電話網は混み合っているか、調子が狂っているかしていて、いまも解体しつつあるこの国の姿をありのままに伝えることはできない。政府はうつろな空間のなかにぽつんと置かれている。極地を思わせるうつろな空間のなかに。ときおり切羽詰まった絶望的な訴えが届くことがあっても、要領を得ない三行ほどのものでしかない。どうしてお上の面々が、街道をさまよう一〇〇〇万人のフランス人がまだ餓死せずにいるかどうかを知ることなどできるだろう？　それに一〇〇〇万の人間が訴えても、結局はただの一文に要約されてしまう。どんなことも一文ですむのだ。

「誰それのところに四時に行くように」であっても、

「一〇〇〇万人が死んだとのことだ」であっても、

「ブロワが炎上中だ」であっても、

「運転手が見つかりました」であっても。

どれもこれも、みな同一平面上に置かれているのだ。それも最初から。一〇〇〇万の人間。自動車。東部軍。西欧文明。運転手が見つかりました。イギリス。食糧。いま何時ですか。

諸君に七つの文字を与えよう。聖書のなかの七つの文字だ。これをもとに聖書を復元してみたまえ！　とでも言っているようなものだ。

歴史家たちは現実のことなど考えもしないだろう。連中は、思考する存在としての人間なるものを想定することだろう。不思議なことにどんなものでも言葉であらわすことができ、全体を俯瞰する堅固な視点を備え、明証・分析・総合・枚挙というデカルト的論理学の四つの規則にのっとって重大な決断を吟味する人間というやつだ。歴史家連中は、善の力と悪の力を峻別するだろう。英雄と裏切り者を峻別するだろう。だが私はごく単純な問いを投げかけてやるつもりだ。

「裏切りを働くには、なにかに対して責任を負わなければならない。なにかを采配し、なにかに働きかけ、なにかを知っていなければならない。そういったことは今日では特別な才能がある者にしかできない。それなのにどうして裏切り者たちを美辞麗句で包んでやらないのか?」

はやくも平和があちこちで姿をあらわしはじめている。しかしそれは、戦争が条約によって終結した後に歴史の新しい段階としてやってくる、輪郭のくっきりした平和のたぐいではない。あらゆるものの終わりであるような、名前を持たない時期のことだ。いつまでも終わることのない終わりのことだ。活力という活力が沈みこんでいく沼地のようなものだ。良い結末であれ悪い結末であれ、なんらかの結末が近づいているとは誰も感じていない。その逆だ。一時的なものだと思っていた泥沼状態にずぶずぶとはまり込んでいき、いまではそれを永遠につづくかのように感じているのだ。どのような結末もむかえることはないだろう。溺れた女を助けるためにはその髪を摑んで引き上げることもできるだろうが、この国を引き上げたくてももうどこにも摑むところはないのだから。なにもかもが崩れ去ってしまった。どれほど感動的な努力をしてみたところで、わずか一房の髪の毛を引き上げるのがせいぜいだ。いま訪れつつある平和は、人間の決断によってもたらされたものではない。それは病毒が浸潤していくように、じわじわとあたりに広がっていくのだ。

私の眼下には、延々とつづく避難民の列が疲労に疲労を重ねている道路、ドイツ軍の戦車が人を殺したり飲み水を配ったりしている道路。あそこも水と泥が混沌と入り混じる沼地のようなものだ。平和がすでに戦争と混じりあい、戦争そのものを腐らせているのだ。

私の友人レオン・ヴェルト[17]は、街道上でなんとも気の利いた言葉を耳にした。いつかそのすばらしい著作のなかで語ってくれるだろう。道の左側にはドイツ軍、右側にはフランス軍。両者のあいだには避難民の列がひしめいている。数百人の女性と子供が、火炎に包まれた自動車から命からがら逃げ出す。ところが、期せずしてこの逃げまどう群衆に巻きこまれてしまった一人の砲兵中尉が、七五ミリ砲の砲撃準備をはじめる。敵はそれをめがけて応戦――しかし敵弾は狙いをそれて道路に降りそそぐ。――と、母親たちが中尉のもとへやってくる。中尉は汗みどろになりながら、わけのわからない義務感にしがみついて、どうせ二〇分も持ちこたえられないのに（なにしろそこには一二名の兵士しかいないのだ！）、必死に陣地を守ろうとしている。母親たちは叫ぶ。

「あっちへ行きなさいよ！　行きなさいってば！　あんたたち卑怯よ！」

中尉と兵士たちは立ち去ることになる。一行はいたるところでこのような平和の問題にぶち当たるのだ。もちろん、子供たちが街道上で虐殺されるようなことがあってはならない。けれども、兵士が発砲する際には子供の背後から発砲するほかないのだ。兵員を乗せたトラックは前進するかぎり、あるいは前進を試みるかぎり、民衆を死に

17　レオン・ヴェルトはサン＝テグジュペリより二二歳年長で、父のような存在であるとともに親友であり、最後まで文通を絶やさなかった。『ちいさな王子』はこの友人に捧げられている。

追いやるおそれがある。人々の流れに逆行して前進する以上、街道全体を否応なく混乱させてしまうからだ。

「なに考えてんのよ！　通してちょうだい！　子供たちが死んじゃうじゃない！」

「俺たちは戦争をしてるんだ……」

「どんな戦争よ？　どこで戦争してるっていうのよ？　そっちに行ったって三日で六キロも進めやしないのに！」

そこにいるのはトラックに乗ったまま途方に暮れている兵士たちだ。集合地点に向かっているのだが、おそらくそこはもう数時間前に敵の手に渡っている。それでも命令遵守という基本義務にあくまで忠実であろうとしているのだ。

「戦争をしてるんだ……」

「そんなことより、あたしたちを乗せてくれた方がよっぽどましよ！　人でなし！」

一人の幼な子が呻いている。

「その子は……」

その子はもう泣き声も上げられない。乳がないので泣く力もないのだ。

「俺たちは戦争をしてるんだ……」

兵士たちは馬鹿のひとつ覚えのように繰り返す。

「だって行けっこないわよ、戦争のところまでなんて！　ここであたしらと一緒にくたばるのよ！」

「戦争をしてるんだ……」

兵士たちにも、もはや自分がなにを言っているのかよくわからない。戦争をしているのかどうかもよくわからない。敵を目にしたことは一度もないのだ。決してたどり着くことのできない蜃気楼のような目的地へ向かって、ひたすらトラックを走らせている。出会うものといえばただ、見わたすかぎりの腐敗のなかに漂うこの平和だけだ。

混乱でどうにも身動きが取れなくなったため、兵士たちはトラックからおりる。人々がそれを取り囲む。

「水はあるかい？……」

兵士たちは水を分けてやる。

「パンは？……」

パンも分けてやる。

「あの人を見殺しにするつもりかい？」

道路脇の溝に移動させられた故障車のなかでは、一人の女が苦しげに喘いでいる。女が運び出される。そしてトラックに押しこまれる。

「で、あの子は？」

子供もまたトラックに押しこまれる。

「じゃあ、あの産気づいた女は？」

その女も押しこまれる。

さらに別の女も。泣きわめいているからだ。

一時間も悪戦苦闘した後、トラックはようやく混乱から抜け出した。向かう先は南。トラックは漂石[18]となって避難民の流れに運ばれながら進んでいくだろう。兵士たちは平和の側に宗旨替えした。それは戦争を見出せないからだ。

それは戦争がどのような状況にあるのか皆目見当がつかないからだ。自分たちの攻撃を受けるのが、なんの罪もない子供だからだ。戦争の場へ赴く途上で、産気づいた女たちに出くわすからだ。情報を伝達したり、命令を受け取ったりしようとしても、シリウス星の住人と論争をはじめるのと同じくらい無意味だからだ。もはや軍隊は存在しない。ばらばらになった兵士たちがいるだけだ。

兵士たちは平和の側に改宗させられる。勢いに押されて整備士やら医者やら家畜番やら担架兵やらに転業させられる。持っている屑鉄も直すことのできない名もなき庶民のために、自動車を修理する。しかしそうやって一所懸命に身を捧げながらも、果たして自分たちが英雄であるのか、それとも軍法会議で裁かれる被告人であるのか知らない。勲章を授けられたとしても別段驚かないだろう。あるいは壁の前に立たされて頭に一二発の弾丸を撃ちこまれたとしても。あるいは動員解除になったとしても。なにが起こっても驚くことはないだろう。ずいぶん前に驚きという感情の限界を超えてしまったのだから。

一切が混沌と入り混じる巨大な粥《かゆ》状のものが支配していて、どんな命令も、どんな移動も、どんな情報も、どんな種類の電波も、三キロ以上先までは決して伝わらない。村が次々と下水渠に流れこんでいくのと同じように、軍用トラックも平和のなかに吸収され、一台また一台と平和に宗旨替えする。ここにいる兵士たちも、さっきまでは完全に死を受け入れていたはずなのに——もっとも死が問題となるような場面には出

18　氷河などによって運ばれた岩石。

くわしてはいないが――、いまは目の前の義務の方を受け入れて、古びた馬車の轅《ながえ》を修理している。その馬車に詰めこまれているのは、三人の修道女に死にかけた一二人の子供。どこにあるのかもわからない避難所を目指す行き先のない巡礼の最中なのだ。

拳銃をポケットにしまったアリアス隊長同様、私も軍務を放棄した兵たちを裁くつもりはない。あの者たちの心を奮い立たせられる息吹があるとしたら、それはなんだろう？　あの者たちの心にまで届く電波があるとしたら、それはどこからくるのだろう？　あの者たちの心をひとつに結束させられる顔があるとしたら、それはどこにあるのだろう？　兵士たちは、荒唐無稽なうわさのほかには、外の世界のことをなにも知らない。これまでにいくつものうわさが、突飛な仮説という形をとって、街道の三キロか四キロごとに芽を出し、その半径三キロほどの混沌とした粥のなかにゆっくりと広がっていった。それは「アメリカが参戦した」とか、「教皇が自殺した」とか、「ロシアの爆撃機がベルリンを火の海にした」とか、「休戦協定が三日前に調印された」とか、「ヒトラーがイギリスに上陸した」とかいったたぐいのものだった。

女子供の群れを導く羊飼いはいないが、男たちを導く羊飼いもいない。将軍は従卒相手を別人のように変えることもできるだろう。そしておそらくは、その見事な弁舌で相手を別人のように変えることもできるだろう。アリアス隊長は部下の搭乗員と繋がっている。そしてその部下たちから死の犠牲を引き出すこともできる。軍用トラックの軍曹は配下の一二人の兵とは繋がっている。しかしなんであれほかのものと結びつくことは不可能だ。もしここに、全体を一目で見通すことのできる天才的な指導者がいて、わが国を救うことのできる計画を思いついたとしよう。その考えを知らせようにも、指導者が手にしているのは二〇メートルの長さしかない電鈴だけだ。予備軍を動員して敵を撃破しようにも、自由に使えるのは守衛だけだ。それも電鈴の向こう端にまだ守衛がいてくれればの話だが。

所属する部隊が崩壊して散り散りに街道をさまよう兵士たち、戦争における失業者に成り下がってしまった兵士たち、けれどもこれらの離散兵は、一敗地にまみれた愛国者に見られるはずの絶望というものをまとっていない。漠然と平和を望んでいるのは事実だ。だが望んでいる平和というのは、いまある名づけようのない混乱が終結し、それがどれほどつましいものであれ、本来の自分に戻ること、それ以外のなにものでもない。以前靴屋だった男は、靴に釘を打っていた頃のことを夢みている。あの頃は釘を打つことで世界を作り出していたのだから。

兵士たちが後ろも振り返らずに一散に逃げていくのは、互いを離散させる不調和が全体に広がったためであって、死への恐怖のためではない。兵士はなにも怖れたりしない。内部にはぽっかりと空虚が広がっているだけなのだから。

17

ひとつの基本的法則がある。それは、敗者を一瞬にして勝者に変えることはできない、というものだ。軍隊がいったん退却したのち抗戦に転じる、などと言われるが、それはかなり端折った言い方だ。退却した部隊と、新たに戦闘をはじめた部隊は同じではないからだ。退却していった軍隊はもはや軍隊ではない。それは敵を撃破できなかったからではなく、物質的なものであれ精神的なものであれ、兵士たちを互いに結びつけていた絆の一切が、退却によって断ち切られてしまうからだ。したがって、じりじりと後退してくるこれらの兵隊の代わりに、有機体としての性格を備えた新たな予備軍を投入しなければならない。敵を食い止めるのはこの予備軍だ。退却してきた兵士たちの方はかき集められ、軍隊の体をなすように鍛え直される。投入する予備軍がない場合、いったん退却したが最後、すべてが取り返しのつかないものになってしまう。

勝利だけが結束をもたらす。敗北は兵士を互いに離反させるだけでなく、自分自身からも離反させる。逃亡兵たちが崩壊していくフランスを前に悲しまないのは、敗者だからだ。フランスが自分たちの周囲で崩れ落ちているのではなく、自分自身の内部で崩れ落ちているからだ。フランスに涙する、そのためにはまず勝者でなければならない。

いまだ抵抗をつづけていようが、すでに抵抗をやめていようが、ほとんどすべての者にとって敗北したフランスの面立ちが見えてくるのは、もっと後になり、沈黙が訪れてからだろう。現時点では誰もが、刃向かってきたり不調を訴えてきたりするくだらない細部に消耗しきっている。故障したトラック、渋滞する道路、動こうとしないスロットル・レバー、意味のない出撃といったものだ。出撃が意味のないものになっていること、これこそが崩壊の徴《しるし》だ。崩壊に抗《あらが》おうとする行動自体が意味のないものになっているということなのだから。あらゆるものが本来の姿から離反しているのだ。

人は世界規模の災厄には涙しないが、自分が責任を負っているものには涙する。自分の手が触れることのできる唯一のものがおかしくなってしまったときに涙するのだ。この崩壊しつつあるフランスは、もはやおびただしい断片が逆巻く洪水にすぎない。この出撃であれ、あのトラックであれ、あの街道であれ、この忌々しいスロットル・レバーであれ、断片のどれひとつとして、なにかの面立ちを見せてくれることはない。

崩れ去るさまというのはたしかに惨めな光景だ。下劣な人間は下劣な姿をあらわす。略奪者は略奪者の本性をむき出しにする。制度が荒廃する。部隊は落胆と疲労をいやというほど味わい、理不尽さのなかで解体していく。ペストにリンパ節腫がつきものであるように、敗北にはこういった結果がつきまとう。けれど、かつて愛していた女がトラックに轢かれてひどい姿になったとしても、わざわざその醜さをあげつらいに行ったりするだろうか？

敗北によって敗者はまるで咎《とが》を負うべき存在のように見られてしまうが、それこそまさに不当というものだ。戦いの行方を司る神は、犠牲的行為も、義務にともなう厳格さも、自らに課す苛酷さも、つねに張りつめた意識も目に留めてはくれなかった。どうして敗北が、そういったものを明らかにしてくれるだろう？　どうして人々が抱いていた愛を明らかにしてくれるだろう？　敗北が明らかにするものといえば、無能な指揮官、ばらばらになった兵隊、そしてただ流されるだけの群衆。もちろん、正真正銘の怠慢もときとして見られたが、その怠慢自体は大したことではない。ロシアが方針を転換した、あるいは、アメリカが参戦した、といった風評が広まっただけで、兵士たちは一変して戦意を昂揚させたのだから。共通の希望で結ばれたのだから。そのようなうわさが流れるだけで、なにもかもが海原を渡る突風に吹かれるように浄化されたのだ。無惨に踏みにじられたという結果だけでフランスを判断するべきではない。

判断されるべきは、フランスが自ら犠牲になることに同意したという点においてだ。フランスは、理論家連中の反論の余地のない意見を無視してまで、戦争に踏み切った。「ドイツには八〇〇〇万人いる。四〇〇〇万人のフランスが、足りない四〇〇〇万人を年内に作り出すことはできない。わが国の小麦畑を炭鉱に変えることもできない。アメリカの援助を期待することもできない。それなのに、ドイツがダンツィヒを要求しているからといって、なにゆえわが国がダンツィヒを救うという義務（もっともそれは不可能であるが）ではなく、自殺する——それも恥辱を避けるためだけに自殺するという義務を負わなければならないのか？　機械よりも多くの小麦を産する国土を有していたり、国民数が相手の半分だったりすることのどこが恥辱なのか？　なぜその恥辱が世界にではなく、わが国のみにのしかかってこなければならないのか？」こういった言葉はもっともだった。わが国にとって戦争は惨敗を意味していた。だからといって、フランスは惨敗をまぬがれるために戦争を拒否すべきだったのだろうか？　私はそうは思わない。フランスも直観的にそう判断したのだ。再三のあいった警告も、フランスに戦争を思いとどまらせることができなかったのだから。わが国では《精神》が《知性》を凌駕したのだ。

生命というのは、いつでも定式を打ち破る。敗北にはたしかにさまざまな醜い側面があるが、しかし敗北によって再生への唯一の道が開かれることもあるのだ。私はよく知っている、樹木を生み出すには種子を朽ち果てるままにしなければならないことを。抵抗の第一歩は、それが遅きに失した場合、つねに勝ち目はない。だがそれはまぎれもなく抵抗の目覚めだ。一粒の種子が芽生えるように、いずれそこから樹木が生い育っていくかもしれないのだ。

フランスは自らの役割を果たした。役割とは、身を差し出して無惨に踏みにじられ、しばらくそのままうち捨てられたままでいることだった。そうなったのも、世界が手を貸そうとも武器を取ろうともせず、審判役にまわったからだ。突撃するときには先陣を切る者が必ずいる。その者は十中八九死ぬことになる。けれども突撃を行うためには、先頭に立つ者が死ぬのはやむを得ないのだ。

三人の敵兵には一人のフランス兵で、相手の工場労働者にはわが国の農民で対抗することをわれわれが覚悟して受け入れた以上、この役割はなによりも優先しなければならない役割だった。私は崩壊の醜さによって判断されることを断固として拒否する！　飛行中に炎に包まれることを受け入れた者を、その焼けただれた醜い姿のみによって判断するというのか？　自分もいずれ醜い姿になるというのに。

18

わが国がこの戦争をしなければならなかったのはそこに精神的意味があったからだが、それでも現実に行われていることにひとたび目を移せば、やはりこの戦争はわれわれにもおかしな戦争に思われる。「おかしな戦争」[19]という言葉は、私には少しも恥ずかしいものではなかった。宣戦布告の直後からわれわれは、敵を攻撃する状態にないので、敵が自分たちを殲滅しにきてくれるのを心待ちにしはじめたのだ！

その通りになった。

19　一般には「奇妙な戦争」とも。第二次世界大戦初期における西部戦線のことを意味する。一九三九年九月の開戦から一九四〇年五月のドイツ軍のフランス侵攻まで、フランスとドイツは戦争状態にあったにもかかわらず、陸上戦闘が皆無に近い状態であったため、当時このような呼び方がされた。

われわれは戦車隊を撃破するために麦束を並べた。麦束はなんの役にも立たなかった。そして現在では殲滅は完了している。もはや軍隊もなければ予備軍もない。連絡手段も資材もない。

それなのに私はこうやって、相も変わらず真面目に飛行をつづけている。ドイツ軍に向かって時速八〇〇キロ、毎分三五三〇回転という猛烈な勢いで急降下している。なぜだろう？　決まってるじゃないか、奴らを怖がらせてやるためさ！　フランスの領土から追い出すためさ！　われわれが収集する情報になんの意味もない以上、この任務にそれ以外の目的などあるはずはない。

おかしな戦争だ。

いや、少しばかり言い過ぎたかもしれない。もうだいぶ高度は下がっている。操縦装置もスロットル・レバーも氷解して動くようになった。機は水平飛行に移行し、通常の速度を回復した。いまではドイツ軍に向かって、たかだか時速五三〇キロ、毎分二二〇〇回転で突き進んでいるにすぎない。残念。これでは奴らを大して怖がらせてやれないだろう。

この戦争をおかしな戦争などと呼んでいることで、われわれは非難されるかもしれない。

だが、この戦争を「おかしな戦争」と呼んでいるのは他でもない、戦っているわれわれなのだ。もちろんこの戦争が奇妙な戦争だからだ。と同時にそれは、われわれがこの戦争を滑稽な戦争だと思っているということでもある。あらゆる犠牲を引き受けているわれわれには、この戦争を好きなように茶化す権利がある。私には自分の死だって茶化す権利がある——そんなことをして楽しければの話だが。デュテルトルにしても同じだ。私には逆説を弄ぶ権利がある。なぜあの村々は赤々と燃えているのか？　なぜあの住人たちは歩道へばらばらに放り出されているのか？　なぜわれわれは揺るぎない確信を持って完全に自動化された屠場へ突っ込んでいくのか？

私にはあらゆる権利がある。それは、いまこの瞬間、自分がなにをしているのか熟知しているからだ。私は死を受け入れている。危険を受け入れているのではない。戦闘を受け入れているのでもない。死だ。私は大いなる真実を手に入れた。戦争というのは危険を受け入れることではない。戦闘を受け入れることではない。戦う者にとっては、ある時間において、無条件に死を受け入れることなのだ。

先頃、外国の世論からフランスが充分な犠牲を払っていないと思われていた当時、私は搭乗員たちが死地に向かって飛び立つのをながめながらこう考えた。「われわれはなにに身を捧げているのだろう？　誰がまだこの犠牲に報いてくれるのだろう？」

われわれは死に瀕している。この二週間ですでに一五万人のフランス兵が死んだ。その戦死者たちはおそらく、めざましい抵抗の例証になることはない。私はめざましい抵抗を称えたりはしない。そんな抵抗など不可能だ。ただ、おびただしい歩兵が守りようもない農家に立て籠もって皆殺しにされているだけだ。いくつもの飛行大隊が火中に投じられた蠟のように溶けていくだけだ。

となると二／三三飛行大隊のわれわれは、どうしていまもなお死ぬことを受け入れているのだろう？　世界から評価されるためか？　だが評価のためには当然審判というやつがいなければならない。一体われわれのうち誰が、判定を下す権利を何者かに認めたりなどするだろう？　われわれはある主義主張を共通のものと考え、その名において戦っている。自由、それも単にフランス一国の自由にとどまらず、世界の自由がかかっている。それなのに審判者の立場でいようとするのは、あまりに安易すぎるというものだろう。われわれの方が逆に審判者に判定を下すのだ。わが二／三三飛行大隊の隊員が審判者に判定を下すのだ。見物人の分際で言ってもらいたくない。生還の可能性は容易な任務の場合でも三度に一度しかないのに、文句ひとつ言わず飛び立っていくわれわれに対してであれ、ほかの飛行大隊の隊員に対してであれ、あるいはあの戦友——砲弾の破片で顔をめちゃくちゃにされ、女性の気を引くことは一生諦めなければならなくなり、牢獄の壁に閉ざされたも同然にひとつの基本的権利を奪われ、自分の醜さのなかに逃げ込んで、自分の醜さを楯にして品行方正な生活に閉じこもるあの戦友——に対してであれ、見物人の分際で判定を下すなどと言ってもらいたくない。闘牛士なら見物人のために生きるかもしれないが、われわれは闘牛士ではないのだ。もしオシュデに向かって「出撃するんだ、証人のみなさんが見ているのだから」などと言おうものなら、オシュデはこう答えるはずだ。「それは間違っている。この俺、オシュデが証人のやつらを見てるんだ……」

結局のところ、なぜわれわれはいまだに戦っているのだろうか？《民主主義》のため？もし《民主主義》のために死んでいるのだとしたら、われわれは《民主主義陣営》の一員だ。ならば《民主主義陣営》のほかの連中も一緒に戦ってくれればいいじゃないか！しかし陣営のなかでも最強のやつ、その一国でわれわれを救うことだってできるやつは、自分が責任を負うことをかつて拒否したし、いまでもまだ拒否しつづけている。[20]いいだろう。それも権利だ。だがそいつは、そういう立場を取ることによって、われわれがただ自国の利害のために戦っているだけだと明言しているのだ。だとすれば、すべてが失われたとわかっているいま、なぜまだわれわれは死んでいくのだろうか？

絶望にかられて？　だが絶望などこれっぽっちもありはしない！　敗北には絶望がつきものなどと思うのは、敗北についてなにも知らないからだ。

知性が説くものよりも高次の真実がある。なにかがわれわれの内部をかけめぐり、われわれを導いている。私はいまだそれがなんなのか理解できないまま、ただそれに従っている。樹木は言葉など持たない。われわれも樹木のようなものだ。言葉ではっきり言い表すことはできないけれども誰の目にも明らかな真実というものがあるのだ。私は侵略者に抵抗するために死ぬのではない。愛する者たちとともに立て籠もることができるような掩蔽壕《えんぺいごう》などどこにもないのだから。名誉のために死ぬのでもない。誰かに判定を下されることを認めていない以上、名誉なんてものを賭けるわけがないのだ。絶望にかられて死ぬのでもない。それなのにデュテルトルは地図を調べ、アラスが彼方、一七五度の方角のどこかに位置することを計算し終わると、口を開くだろう。私にはわかっているのだ、あと三〇秒もしないうちにこう言うに決まっている。

「大尉、針路を一七五度に……」

そして私は言われたとおりにするだろう。

20 アメリカ合衆国は第二次世界大戦において孤立主義を守り、中立をかかげていた。アメリカが参戦し、連合国の中心戦力として戦うのは、一九四一年一二月の日本軍による真珠湾攻撃以降のことである。

19

「針路一七二度」

「了解。針路一七二度」

おや、一七二度だったか。仕方ない、それで行こう。墓碑銘に曰く、「コンパスにて正確に一七二度を維持せり……」。この風変わりな挑戦がいつまでつづけられることやら。高度七五〇メートル、重くたれこめた雲のすぐ下を飛行している。ほんの三〇メートル上昇しただけで、デュテルトルにはなにも見えなくなってしまう。われわれはこうやってはっきりと姿を見せながら飛ばなければならない。そうしながらドイツ軍の高射砲に、どんな駆け出しでも外しようのない標的を提供するのだ。七〇〇メートルは禁断の高度だ。平野のどこからでも狙い撃ちにされる。全軍の一斉射撃を浴びる。どんな口径の砲でも届く。あらゆる銃砲の射程内に延々ととどまることになる。もはや射撃ではない。棒打ちの刑だ。一〇〇〇本の棒で一個の胡桃《くるみ》を叩き落としてみろと言っているようなものだ。

私は問題を充分に検討してみた。パラシュートは論外だ。機体が損傷して地面へ突っこむとき、脱出口を開けるだけでも、激突までに残された秒数以上に手間取るに違いない。なにしろ固い把手を七回もまわさなければならないのだ。おまけに全速飛行の最中はハッチが歪んでいて容易には開かない。

そういうわけだ。いつかはこの苦い薬を飲み下さなければならなかったのだ。儀式にはなにも難しいところはない。コンパスで一七二度を維持していればいい。それにしても年を取ったのが間違いだった。幼い頃はあんなに幸福だったのに。だが本当に幸福だったのだろうか？ 当時の私はすでに、あの玄関ホールをコンパスで一七二度の方向に歩いていたのではないか。二人の叔父たちのために。

いまになって、幼年時代がなつかしいものとなる。幼年時代ばかりでなく、これまでの人生のすべてが。私はそれを、平野を眺めるように、一望のもとに見わたす……。

すると、自分があの頃からずっと変わっていないように思えてくる。いま経験していること、私はそれをずっと以前から知っていた。喜びや悲しみの対象はこれまで変わってきたかもしれないが、感情そのものは昔のままだ。いまと同じように、かつての私も幸福だったり不幸だったりした。罰を受けたり許されたりした。よく勉強したこともある。怠けたこともある。日によってまちまちだった……。

いちばん古い思い出はなんだろう？　チロル地方[21]出身の子守がいた。名前はポーラ。けれどもそれは思い出とさえ言えない。思い出の思い出なのだから。五歳で玄関ホールをさまよった頃には、ポーラはもう人づてに聞くだけの存在にすぎなかった。何年ものあいだ、新年がくると母は言ったものだった。「ポーラからお手紙がきましたよ！」子供たちにとって、それは大きな喜びだった。でも、どうしてあんなに嬉しかったのだろう？　子供たちは誰もポーラを覚えていなかった。すでに故郷のチロルに帰ってしまっていたのだ。あの地方によく見られるかわいらしい木組みの家に。雪に埋もれたその家は、晴雨計のついた玩具の山小屋にそっくりだろう。太陽が輝く日にはポーラが戸口に姿をあらわす。晴れた日になると晴雨計の山小屋から機械仕掛けの人形が出てくるように。

「ポーラってきれいな人？」

「ええ、うっとりするくらい」

「チロルってお天気いいの？」

「いつもお天気よ」

　チロルではいつも天気がいいそうだ。ポーラは晴雨計の山小屋の戸口よりもっと先、雪のうっすら残る芝生のあたりまで押し出される。字が書けるようになると、ポーラに宛てて手紙を書かされた。「ポーラへ。おてがみをかくのがうれしいです……」それはどこかお祈りの言葉にも似ていた。なにしろポーラを知らなかったのだから……。

「針路一七四度」

「了解。針路一七四度」

　今度は一七四度か。墓碑銘を書きかえないとな。それにしても不思議だ。これほど一挙に自分の一生が押し寄せてきたなんて。私は思い出の数々を荷造りするようにまとめた。もうなんの役にも立たないだろう。誰の役にも立たないだろう。私が覚えているのはひとつの大きな愛情だ。母はよく子供たちに言ったものだ。「ポーラは書い

21　アルプス山脈東部に位置し、オーストリア西部からイタリア北部にまたがる山岳地帯。標高三〇〇〇メートル前後の山が氷河や万年雪をいただいてそびえ立つ風光明媚な景色と、古くから伝わる独特な服装、家屋、習俗で知られる。

てますよ、私の代わりにみんなにキスしてあげてください、って」そして母はポーラの代わりに子供たち全員にキスをするのだった。

「ポーラはぼくが大きくなったこと知ってる？」

「ええ、もちろん。知ってますよ」

ポーラはなんでも知っているのだった。

「大尉、敵が撃ってきます」

ポーラ、こちらに向かって撃ってくるよ！　私は高度計に目を走らせる。六五〇メートル。雲があるのは七〇〇メートル。なるほど。私にはどうしようもない。だが意外なことに、雲の下に広がる世界は思っていたほど黒ずんではいない。青い。なにもかもが青い。ちょうど日暮れ時、平原は一面に青みがかっている。ところどころに降る雨。水色の雨だ……。

「針路一六八度」

「了解。針路一六八度」

今度は一六八度。あの世につづく道っていうのは、ずいぶん曲がりくねっている……。それにしてもこの道はなんて静かなんだろう！　世界はまるで果樹園のようじゃないか。はるか上空にいたさっきまでは設計図を思わせる無味乾燥な姿を見せていたのに。すべてが非人間的な様子をしていたのに。けれどもいまの私は低空を飛行しながら、なにか親密さのようなものに包まれている。ぽつんぽつんと孤立した樹木。固まって身を寄せ合っている木立。そういったものに次々と出会う。青々とした畑。赤い瓦屋根の家屋と、その戸口にたたずむ人影。あたり一面を薄藍にひたす美しい夕立。ポーラならこんな天気のとき、子供たちを急いで家のなかに入れてくれたに違いない……。

「針路一七五度」

やれやれ、これでは墓碑銘の簡素な美しさが台なしだ。「一七二度ののち一七四度、つづいて一六八度、さらには一七五度を維持せり……」これではむしろ、かなり移り気な人間だと思われてしまうじゃないか。おやおや！　エンジンのやつ、咳きこんでいやがる！　冷えてしまったんだな。私はエンジン・カバーのフラップを閉じてやる。これでよし。補助タンクを開く時間なのでレバーを引く。なにも忘れてないか？　私は油圧計に目をやる。すべて順調だ。

「大尉、激しくなってきました……」

聞いたかい、ポーラ？　敵の攻撃が激しくなってきたそうだ。それでも私は、この夕暮れの青さに驚かずにはいられない。実にすばらしいのだ！　その色はどこまでも深い。それにどこまでもつづく果樹、あれはスモモの木だろうか。私はこの景色のなかに入りこんでいく。陳列ケース越しに見るのは終わりだ！　私は畑荒らしだ。塀を乗り越えてしっとりと濡れたウマゴヤシを踏んで大股で進み、スモモを盗むのだ。ポーラ、おかしな戦争だよ。なにもかもが青く染まった、どこかさびしい戦争だよ。私は少々道に迷ってしまったようだ。なにしろ年を取ってから、この不思議な国にさまよいこんだのだから……。いいや、怖くはない。ほんの少し悲しいだけ。ただそれだけのことさ。

「大尉、ジグザグ飛行を！」

ほら、新しい遊びだよ、ポーラ！　右をぐっと踏みこんで、左をぐっと踏みこんで、こうやって砲弾をかわす。小さい頃はよく木から落ちてこぶをつくったものだ。そんなときには、きみはきっとアルニカチンキ[22]の湿布で手当てしてくれたのだろうね。私にはもうすぐたくさんのアルニカチンキが必要になるよ。でもほら……、この夕暮れの青のなんて見事なこと！

と、前方に鋭い槍が三本突き出された。光り輝く三つの線が、空に向かってまっすぐに伸びる。照明弾か小口径の曳光弾《えいこうだん》だろう。見事な金色だ。夕暮れの青のなかで、三つ叉の枝付き燭台が忽然と輝きを放つのが見えたのだ……。

「大尉、左から猛烈な攻撃！　斜め方向へ！」

ぐっと踏みこむ。

「駄目です！　さらに激しくなります……」

そうかもしれない……。

攻撃はさらに激しくなっているかもしれないが、私は相変わらず内側にとどまっている。私には思い出のすべてが、これまでに貯えてきたものすべてが、愛情のすべてが差し出されている。夜の中へ根のようにどこまでも広がっていく幼年時代が差し出されている。私の人生のはじまりにあるのは、憂愁に満ちた思い出なのだ……。攻撃はさらに激しくなっている。かつて私は、砲撃にさらされ、無数の流れ星が爪をむき出しにして襲いかかってきたらなにを感じるだろうか、と考えたことがあった。だが

22　キク科の薬用植物アルニカから作られる、打ち身、切り傷などの外用剤。

いまの私は、そのとき考えていたものをなにひとつ覚えていない。

私はいま、ある国のなかにいる。心をしみじみと震わせる国だ。日が暮れようとしている。左手に広がる夕立雲の隙間から光の帯が幾筋も差し、空と大地をつなぐ彩色硝子の帳《とばり》を無数に並べている。ありとあらゆるかぐわしいものがすぐそばにあり、わずかに手を伸ばすだけで触れそうだ。たわわに実ったスモモ。土の香りを放つ大地。しっとりとした土を踏んで歩いたらさぞ気持ちいいだろう。ほら、ポーラ、私はいまゆっくり進んでいる。秣 車《まぐさぐるま》のように右に傾いたり左に傾いたりしながら、ゆっくり進んでいる。きみは、飛行機っていうのは速いと思ってるかもしれない……。もちろん速い、ふつうに考えれば。けれども機械のことは忘れて、あたりを見回してみれば、野原を散歩しているのとなんの変わりもないんだ……。

「アラスです……」

なるほど。はるか前方だ。しかしあのアラスは都市ではない。夜の暗青色の底に赤々と燃える灯芯にすぎない。いや、あれは夕立の底に燃えているのだ。その証拠に、左前方にはひどい驟雨《しゅうう》が待ち構えている。夕暮れというだけではあの薄暗さは説明がつかない。たれこめた厚い雲を通さなければ、光があれほど暗いはずはない……。

アラスの炎が大きくなった。あれは火災の炎とは違う。火災ならば、伝染性の潰瘍が皮膚を侵蝕するように広がっていく。だがあそこで赤々と燃えつづけているのはランプの灯芯だ。それがわずかにくすぶっているのだろう。神経質にちらついたりしない炎、たっぷりと油を注がれ、消える心配など微塵もない炎。私にはそれが、確かな重さを持つほどに濃密な実体を備えているように感じられる。そしてときには、風にあおられた樹木さながらに揺れ動くようにも。そう……、あの炎はまさしく樹木だ。それが絡み合った根でがっしりとアラスをとらえているのだ。そしてアラスの精髄のすべてを、貯えのすべてを、宝物のすべてを吸い上げ、自らを養う樹液に変えているのだ。

ときおり、その炎が重くなりすぎて均衡を失い、右か左に傾いてひときわ黒い煙をあげたかと思うと、ふたたび体勢を立て直すのが見える。けれども相変わらず都市そのものは見分けられない。それでもあの光のなかに戦争のすべてが集約されているのだ。デュテルトルによれば攻撃が激しくなっているという。そうなのだろう。機の前方に陣取って、私よりもよく観察できるのだから。それでも私は、敵がどこか寛大な態度で迎えてくれていることにまず驚かずにはいられない。この平原には致命的な毒がたっぷりとちりばめられているというのに、光の尾を曳く危険な流れ星をほとんど打ち上げてこないのだ。

とはいうものの……。

ねえ、ポーラ、子供の頃に読んだおとぎ話では、騎士は恐ろしい試練を乗り越えて、不思議な魔法の城へ向かって進んでいたね。氷河をよじ登り、断崖を越え、裏切りを切り抜け、青々とした平野のまんなかにようやく城があらわれる。騎士を乗せた馬は、芝生を踏むような軽やかな足取りで平野を駆けていく。騎士ははやくも勝利を確信している……。でもね、ポーラ、おとぎ話を甘く見てはいけない。最大の困難が訪れるのは決まってそんなときだ……。

私はいま、炎の城へ向かって夕暮れの青さのなかを駆けている、そう、昔のように……。きみはあまりに早く故郷へ帰ってしまったから、私たちの遊びを知らない。「騎士アクラン」の遊びを。自分たちで考え出した遊びだ。ほかの子供たちがする遊びなんかは馬鹿にしていたから。その遊びをするのは夕立の日。遠くで稲妻が光ると、あたりに漂う土の匂いと、急にざわつきはじめた木の葉で、雲がもうすぐ裂けようとしていることを感じ取る。梢が少しのあいだ泡立つような軽やかな葉擦れの音を立てる。それが合図だ……、もうなにも止めることはできない！

私たちは庭のいちばん奥まったところから息を切らして走り出す。目指すのは芝生の彼方にある館だ。夕立のはじまりは大粒の滴、それがまばらに降ってくる。最初に打たれたものが、やられた、と叫ぶ。次いで二番目。三番目。それから他の者たち。こうして最後まで残った者が、神々の加護を受けた者、不死身の者となる！　そして次の夕立まで「騎士アクラン」を名乗ることが許されるのだ……。

もっともこの遊びをすると、夕立がはじまってわずか数秒で、庭は子供たちの大殺戮の場と化してしまうのだった……。

私は相変わらず騎士アクランの遊びをしているのだ。炎の城へ向かってゆっくりと、息を切らして進んでいく……。

ところが不意に声が響く。

「大尉、こんなの見たことありませんよ……」

こっちだって見たことないさ。私はもう不死身ではない。まったく、自分がまだ希望をつないでいたなんて知らなかった……。

20

七〇〇メートルという禁断の高度を飛行しているにもかかわらず、私は希望をつないでいた。戦車が集結しているにもかかわらず、アラスが炎上しているにもかかわらず、希望をつないでいた。絶望的なまでに希望をつないでいたのだ。幼年時代まで記憶をさかのぼることで、自分はなにか絶対的なものに守られているという感情をもう一度取り戻そうとしていた。大人には庇護してくれるものなどどこにもない。ひとたび大人になると、もう放っておかれる……。けれども、全能のポーラがしっかりと手を握ってくれている少年に、誰が危害を加えたりできるだろう？　ポーラ、私はきみの影を楯の代わりにしたのだ……。

私はありとあらゆる策を弄した。デュテルトルが「激しくなってきました……」と言ったときには、希望をつなぐために、その脅威そのものを利用した。われわれは戦争のさなかに身を置いている。どうやっても戦争は姿をあらわしてくる。だが実際に姿をあらわした戦争は、幾筋かの光跡でしかなかった。「なんだ、例のアラス上空における死の危険ってのはこれだけのことか？　笑わせるじゃないか……」

死刑囚が思い浮かべていた死刑執行人は、血も涙もないロボットの姿をしていた。それなのに、いざやってくるのは、くしゃみもすれば微笑を浮かべもする、ごくふつうの真っ当な男だ。死刑囚は、まるで釈放に通じる道にすがるように、その微笑にすがりつく……。しかしそんな道は幻想にすぎない。死刑執行人は、たとえくしゃみをしながらでも首を切り落とすだろう。だが、どうして希望を諦めることができるだろうか？

私にしても、どうして思い違いをせずにいられただろう。なにしろ、なにもかもが打ち解けた田舎風の気安さを見せていたのだ。屋根のスレートや瓦は実に親しげに輝いていた。一分また一分と時が過ぎてもなにも変わらなかったし、変わりそうな様子もなかった。デュテルトルと機銃員と私は、三人のただの散歩者だった。雨は小降りなので大して襟を立てもせず、ぶらぶらと野原をさまよいながら、ゆっくりと家路につく散歩者でしかなかった。ドイツ軍の前線のただなかにいるのに、本当に語るに値するようなものはなにひとつうかがえなかったし、もっと先へ行けば戦争がことは別の様相を見せるという確証もなかった。敵は広大な田園のなかに分散して、まるで溶けてしまったかのように思われた。兵士は家一軒に一人とか、樹木一本に一人とかの割合で散り、時々そのなかの誰かが戦争を思い出して発砲しているだけのようだった。兵士は「飛行機には発砲すべし……」と繰り返し厳命されていた。うとうととした夢のなかでこの命令が聞こえてくる。そこで命中するとも思わず、とりあえず三発撃つのだ。私もそんな風にして夕方に鴨を撃ったことがある。歩き回っているだけで楽しくて、鴨はもうどうでもよかった。私は別のことを話しながら発砲した。鴨の方もどこ吹く風といった様子だった……。

誰でも自分の見たいものばかりを見てしまうものだ。その兵士はこちらに狙いをつけるが自信はない。弾は外れてしまう。ほかの兵士たちは見逃してくれる。われわれの足を掬うことのできる連中は、いまこの瞬間、おそらく夕べの匂いをうっとりと吸いこむか、煙草に火をつけるか、冗談のひとつでも飛ばすかしていて――やはり見逃してくれる。その村に宿営している別の連中は、飯盒《はんごう》を差し出してスープを注いでもらっているに違いない。と、低い轟きが近づいてきたかと思うと遠ざかっていく。友軍機か、敵機か？　そんなことを確認しているひまはない。スープがなみなみと注がれるのを見届けるのに忙しいのだ。そしてやはり見逃してくれる。私の方はといえば、両手をポケットに突っ込んで口笛を吹きながら、つとめて何気ない振りを装って、部外者立入禁止の庭を通り抜けようとする。どの番人も——ほかの番人を当てにして——見逃してくれるのだ……。

私は本当に無防備なのだ！　しかし、この弱点を逆手に取って連中を欺く。「なにも騒ぐことはありませんよ。どうせすぐ先で撃ち落とされてしまうのですから……」それもそうだ！「吊し首にされるのなら他所で頼むよ……！」連中は面倒な仕事を他人に押しつける。スープの順番を逃さないため、言いかけた冗談を途中で邪魔されないため、あるいはただ単に夕べの風を味わうために。私はこうやって連中の怠惰につけ込み、やつら全員が一人残らず戦争に疲れているこの時間のなかから、自分の救いを引き出す——それのどこが悪いというのだ？　そしてはやくも漠然と期待しているのだ、兵士から兵士へ、分隊から分隊へ、村から村へと巧みにかいくぐって、首尾良くこの任務を終えられるのではないか、と。結局のところ、夕暮れに飛行機が一機通過しているだけのことだ。わざわざ見上げるまでもないではないか！

もちろん私は生還することに希望をつないでいた。しかし同時に、まもなくなにかが起こるだろうということもわかっていた。すでに刑は宣告されているのに、自分を閉じこめている牢獄はまだ静まりかえっている。囚人はその沈黙にしがみつく。訪れる一秒一秒は、過ぎ去った一秒一秒とそっくりだ。過ぎ去ろうとしているこの一秒が世界をがらりと変えるなどということはまずありえない。なんの変哲もない一秒にそのような務めは背負いきれない。一秒また一秒と刻まれるたびに、沈黙が長らえていく。沈黙はもう永遠につづくかのようだ……。

だが、誰かの足音が聞こえてくる。必ずやってくるとわかっていた者の足音だ。

この田園風景のなかで、突然なにかがはじけた。それはまるで、消えたとばかり思っていた薪が不意に爆《は》ぜ、内に貯えていた火の粉を一気に吐き出すようなものだ。一体どうしたわけで、この平野全体が同時に牙をむいたのだろう？　樹木は春がくると種子を放出する。なぜ敵の銃砲にも急に春が訪れたのだろう？　なぜあの光の洪水があらゆるところから一挙に押し寄せてくるのだろう？

最初に頭をよぎるのは、軽率だった、という思いだ。なにもかも台なしにしてしまった。きわめて危うい均衡が保たれているときには、目くばせひとつ、身じろぎひとつでさえもが致命的になりかねない。登山家の咳ひとつで雪崩が引き起こされる。そしてひとたび雪崩が起きたら、もう取り返しはつかない。

われわれは、はやくも夜に浸され青く染まった沼地を、のろのろと歩いていた。その静かな泥を揺り動かしてしまったのだ。突然その泥のなかから、幾万もの金色の気泡がこちらに向かってあふれだしてくる。

曲芸師の群れが仕事に取りかかったのだ。曲芸師の群れはこちらに向かって、幾万もの砲弾を次から次に投げ上げる。それらはまっすぐに向かってくるので、はじめは動いていないように見える。しかし、投げ上げられたというよりも、むしろ曲芸師の手から解き放たれた玉さながらに、やがてゆっくりと上昇を開始する。私にはきらめく無数の涙が光の尾を曳きながら、濃密な沈黙のなかを、曲芸師たちを包む濃密な沈黙のなかを流れてくるのが見える。

機銃や速射砲の斉射のたびに、光を放つ弾が数百もまとめて吐き出され、真珠のロザリオのように切れ目なくつづく。そのしなやかなロザリオが機体めがけて数限りなく伸びてきて、切れそうなまで張りつめると、われわれの高度で炸裂する。

横に目をやると、機体からそれた敵弾は、すさまじい速さをむき出しにしてかすめていく。それはもはやゆるやかに流れる光の涙ではなく閃く稲妻だ。たちまち私は、対空砲火が描く幾条《いくすじ》もの黄金色の光跡が自分を取り囲んでいるのに気づく。いまや私は、ぶ厚い槍衾《やりぶすま》に包囲されている。よくわからない恐ろしい編み物の餌食になろうとしている。平野全体が私をしっかりとからめ取り、私のまわりに金色の糸でまばゆい網を編んでいるのだ。

地上の方をのぞきこむと、何層にもなった光の気泡が、煙霧のような緩慢さでせりあがってくる。無数の光の粒子がゆるゆると渦巻いている。まるで麦打ちのときに舞いあがる麦殻のようだ。しかし前や横に目を移せば、そこにはおびただしく突き立てられた槍しかない。砲撃を受けているのか？　とんでもない！　白兵戦なのだ！　目に入るのは光の刃だけだ！　いま私が感じているのは……。いや、危険なんかではない！　周囲に広がるこの過剰なまでの絢爛さに目がくらんでいるのだ！

「あっ！」

身体が座席から二〇センチも跳ねあがった。機体に破城槌[23]の一撃をくらったかのような衝撃だ。粉々に砕けたか……、いや、違う……、そうじゃない……、機体はまだ操縦がきく。これは最初の一撃にすぎない。これからいやというほどくらう羽目になるのだ。しかし不思議なことに、砲弾が爆発したような気配はなかった。爆煙はおそらく暗い地面にまぎれて見えないのだろう。私は頭をあげて見回す。目に飛びこんできた光景は、決定的なものだった。

23 丸太状の物体を垂直にぶつけることによって、城門などを破壊する兵器。

21

地上の方ばかりのぞきこんでいた私は、機体と雲のあいだの距離が次第に開いていくのに気づいていなかった。そのぽっかりと開いた空間では、いくつもの曳光弾《えいこうだん》が黄金色の光を広げていたのだ。曳光弾はのぼりつめた頂点で次々に炸裂して、まるで釘を打ち込むように黒い破片をあたりにまき散らしていたにもかかわらず、私にはそれがわかっていなかった。いま私の目には、それらの破片が巨大なピラミッドの形に積み上がったまま、氷山のような緩慢さで後ろに流れていくのが見える。これほど途方もない大きさのものと並ぶと、こちらは少しも動いていないように感じられてくる。

あの巨大な建造物は、築かれた次の瞬間にはもうその力を使い果たしてしまうということは、私もよく知っている。破片の雲のひとつひとつがわれわれに対して生殺与奪の権利を持っているとしても、ほんの一〇〇分の一秒のあいだでしかない。だが、私は気づかないうちに取り巻かれてしまっていた。それを目にすると不意に、逃れようのない劫罰が頭上に重くのしかかってくるような感じがする。

鈍くつづくその爆発音はエンジンの唸りにかき消されて、異常なほどの沈黙に包まれているかのような錯覚に陥る。なにも感じない。ただひたすら待ちながら、私のなかに空虚が穿たれていく。まるでいつまでも終わらない審議を延々と待っているようだ。

私は考えている……。このような状況でもまだ考えている。「敵が狙っているのは高すぎるぞ！」と。そして頭をのけぞらせて、鷲の一群にも似たあの破片の雲が、悔しそうに後方へ去っていくのを見る。これで諦めてくれたのだ。けれども希望の余地はない。

われわれを仕留め損なった銃砲は照準を修正する。炸裂する砲弾の壁がわれわれの高度にあらためて築かれる。それぞれの火砲が、爆煙と破片のピラミッドを数秒のあいだ作り上げてはたちまちそれを放棄し、別のところにまた作り上げる。砲撃はわれわれを見つけ出そうとしているのではない。閉じこめようとしているのだ。

「デュテルトル、まだ遠いか？」

「……あと三分持ちこたえれば完了しますが……しかし……」

「抜けられるかもしれない……」

「まさか！」

あのどす黒さは不気味だ。脱ぎ散らかしたボロ着のように散らばるあのどす黒さは不気味だ。さっきまで平野は青だった。どこまでも青だった。海の底の青だった……。


一体どのくらい生きのびられるだろう？　一〇秒間か？　二〇秒間か？　爆発の衝撃が休みなく機体を揺さぶる。砲弾が至近距離で爆発すると、ダンプカーの荷台に岩石をぶちまけたときのように、轟音が機体を震わせる。それが収まると、機体全体がほとんど音楽的ともいえる音を立てる。奇妙なため息のような音だ……。だがそれは外れ弾の話だ。砲弾も雷と変わらない。近ければ近いほど単純明快なのだ。機体を襲う衝撃のなかにはわかりやすいものもある。炸裂した砲弾の破片が機体にぶつかった場合だ。猛獣は殺そうとする牡牛を必要以上に傷つけたりはしない。爪をまっすぐ突き立て深々と食い込ませるだけ、引き裂いたりはせずに、牡牛を手中にするのだ。それと同じで、破片は肉にめりこむように機体に突き刺さってくる。

「やられたか？」

「大丈夫です！」

「おい！　機銃員、やられたか？」

「大丈夫です！」

こういった衝撃は、もちろんきちんと語るべきものではあるが、実のところ大したものではない。われわれを包んでいる鉄の外被を太鼓のように叩いているだけなのだから。少しずれていれば、燃料タンクに穴を開ける代わりに、われわれの土手っ腹に風穴を開けることだってできただろう。しかしその腹にしたところで、その辺に転がっている太鼓と大差ない。肉体などどうでもいい！　そんなものは重要ではないのだ……、おかしなことではあるが。

肉体については少しばかり言っておきたいことがある。あまりに明白なことなのだが、日々の生活のなかでは見えなくなってしまっている。それがはっきりとあらわれるためには、目下のような緊急事態が必要だ。この押し寄せる光の雨が必要だ。この執拗な槍の攻撃が必要だ。つまり、最終判決の下されるこの法廷が開かれることが必要なのだ。そのときになって人ははじめて理解する。

私は出撃の身支度をしながら、いつも考えていた。「最期の瞬間というのは、どんな姿であらわれてくるのだろう?」これまではずっと、自分が思い描いたようにはならずにすんできた。けれども今回はそうはいかない。敵の拳が狂ったように繰り出されるなかを、肘を曲げて顔面を防御することもなく、素裸で歩かなければならないのだ。

試練。私は試練というものを、この肉体に対する試練だとみなしていた。この肉体に加えられるものと考えていた。私が身を置く視点は、必然的に肉体そのものの視点となっていた。自分の肉体をなんと大事に世話してきたことか! 服を着せたり、きれいに洗ったり、手当てをしたり、剃刀をあてたり、水で潤したり、食物を与えたりした。こうやって丹精こめて世話するこの生き物を、自分と同じものとみなした。洋服屋に連れていき、内科医に連れていき、外科医に連れていった。ともに苦しみ、ともに叫び、ともに愛してきた。だからこそ人は自分の肉体について、これは私だ、と言うのだ。それなのに突然、その幻想は崩れ去る。肉体などどうでもよくなるのだ! それは単なる下僕の位置に追いやられてしまう。怒りが少しばかり激しくなったり、愛情が昂揚したり、憎しみがわだかまったりすると、肉体とのこの連帯関係にひびが入る。

自分の息子が火災に巻きこまれたらどうする？　もちろん助けようと火に飛びこむだろう。誰にも引き留めることはできない。自分も火傷を負う。だがそれをなんとも思わない。肉体という着古した衣など、喜んで差し出す。そして気づくのだ、かつてあれほど大事だと思っていたものは、実は執着の対象では全くなかったということに。行く手を阻む障害物があれば、自分の肩を誰かに売り渡してでも、肩で体当たりをするはずだ。自分というものは、肉体ではなく行為そのもののなかに存在している。己の行為こそが自分なのだ。それ以外のところに自分はいないのだ！　己の肉体は自分のものではあるが、もはや自分自身ではない。敵を殴り倒そうとしているのか？　それならば、いくら肉体を脅迫してやめさせようとしても、誰ももう抑えつけることはできない。自分とはなにか？　それは敵の死だ。自分とはなにか？　それは息子の救出だ。なにかと交換に自分を差し出すのだ。しかもその交換で損をしたと感じることはない。己の手足とはなにか？　ただの道具だ。敵に切りかかるときには、道具が壊れることなど気にもとめない。そして自分と交換に、相手の死を、息子の救出を、病人の治療を、もし自分が発明家であれば新たな発明を手に入れるのだ。隊の仲間の一人が瀕死の重傷を負う。公報にはその軍功を称えて記される。「そのとき同乗の観測士に向かって曰く〝俺はもう駄目だ！　おまえは脱出しろ！　偵察記録をなくすな！〟」重要なのはただ偵察記録だけなのだ。あるいは子供の救出、病人の治療、敵の死、新たな発見だけなのだ！　そのとき、自分という存在の意味が燦然と輝く。その意味とは、義務であり、憎しみであり、愛であり、誠実さであり、発明である。それ以外のものはもう自分のなかに見出せない。

戦火は肉体の価値を失墜させただけでなく、同時に肉体に対する無条件の崇拝をも失墜させた。人間の関心はもはや自分個人には向けられない。自分が結ばれているもの、それだけが重要なのだ。たとえ死ぬとしても、そこから切り離されることはない。それと一体となるのだ。たとえ死ぬとしても、自分を失うのではない。自分を見出すのだ。これはなにもモラリストじみた願望などではない。ごく当たり前の真実、日常の真実なのだが、日々の思い込みによって覆い隠されてしまっているのだ。出撃の身支度をしながら、肉体のせいで恐怖を感じていたときの私には、自分がくだらないことを思い煩っているだけだとわからなかった。誰でも肉体を引き渡す瞬間になってはじめて、自分がほとんど肉体に執着していないことに気がつき愕然とするのだ。もちろん私も、人生のなかでなにひとつ切迫した状況にないとき、自分という存在の意味が賭けられていないときには、肉体の問題以上に大切なものがあると思うことはない。肉体よ、おまえなどもうどうでもいい！　いまの私はおまえから締め出され、もはや希望も絶たれているが、なにひとつ欠けてはいないのだ！　私はいまこの瞬間より以前の自分をすべて否認する。これまでものを考えていたのは私ではない。ものを感じていたのは私ではない。この肉体だった。私は己の肉体を引きずるようにどうにかここまで連れ出してこなければならなかった。そうしてはじめて、この肉体にはなんの重要性もないことに気づいたのだ。

最初にこのことを教えられたのは一五歳のときだった。数日前から弟[24]はもう長くは持つまいと言われていた。ある朝四時頃、看護婦が私を起こしにくる。

「弟さんがお呼びです」

「具合が悪いんですか？」

24　二歳下の弟フランソワ。関節リウマチで病床に臥せっていたフランソワは、一九一七年夏、心臓発作を起こして世を去る。享年一五。作品中では語り手が一五歳とあるが、弟の病死の際、サン＝テグジュペリは一七歳だった。

看護婦は答えない。私は慌てて服を着替え、弟のもとに行く。

弟はいつもと変わらない声で言う。

「死ぬ前に兄さんと話したかったんだ。ぼく、もうすぐ死ぬんだ」

だが神経発作の痙攣がその口を封じてしまう。発作のあいだ、弟は手を動かして「違う」と繰り返す。私にはその身振りがなにを言おうとしているのかわからない。死を拒絶しているのだと想像する。しかし発作が収まると弟はこう説明する。

「怖がることないんだよ……、苦しくなんかないんだから。痛みもない。ただどうにも止められないんだ。身体が勝手にやってて」

弟の肉体はすでに異国の領土となっている。すでに他者となっている。二〇分後には息を引き取るというのに、弟は厳粛な様子を崩すまいとする。時間が残されているうちに遺産の処分を自分の手でやっておかなければと考えているのだ。弟は「ぼく、遺言をしたいんだ……」と言って顔を赤らめる。もちろん大人のように振る舞うのが誇らしいからだ。弟がもし建築家だったら、建てる塔を私に託すだろう。父親だったら、息子の教育を託すだろう。軍用機の操縦士だったら、報告書類を託すだろう。けれど弟はただの子供にすぎない。だから託すのは、玩具の蒸気エンジン一基、自転車一台、そして空気銃一挺。

人は死ぬのではない。これまでずっと死を怖れていると思いこんできた。しかし実際に怖れているのは不測の事態、爆発だ。自分自身を怖れているのだ。死は？　いや、怖れていない。死に出くわすときには、もはや死は存在していないのだ。弟は私に言った。「忘れないで、みんな書いておいてね……」肉体が崩れ去ると、本当に大切なものがあらわれてくる。人間はさまざまな関係の結び目だ。関係だけが人間にとって重要なのだ。

肉体という老馬は、うち捨てられて顧みられない。死のさなかに、一体誰が自分自身のことを考えるだろうか？　そんな人間にはついぞお目に掛かったことがない……。

「大尉？」

「なんだ？」

「すごいもんですねえ！」

「機銃員……」

「えっ……、はい……」

「なにか……」

私の問いは衝撃で吹っ飛ぶ。

「デュテルトル!」

「……尉?」

「くらったか?」

「いいえ」

「機銃員……」

「はっ?」

「くらっ……」

青銅の壁に激しく叩きつけられたような衝撃。声が聞こえる。

「あっ! あそこ、あそこです!……」

私は空を仰ぎ、雲までの距離を目測する。爆煙と破片の入り混じるいくつもの黒い塊は、斜めから見ると互いにぎっしり重なり合っているように思える。しかし真下から見ると、それほどは密集していない。私が見上げる先には、黒い花飾りをつけた途方もなく巨大な王冠、それがわれわれの頭上に据えられていた。

腿の筋肉が驚くほどの力を発揮する。私は床を突き破る勢いでペダルを踏みこむ。

機首を横に傾けたのだ。と、急に機体がぎしぎし振動しながら左へスリップする。王冠が右へとそれた。頭上から振り落としたのだ。私は砲撃の裏をかいてやった。いまでは的外れなところを叩いている。右手にいくつもの炸裂が無駄に積み重ねられるのが見える。しかし、もう一方の腿に力を入れて逆方向の動きに移行する前に、はやくも別の王冠が頭上に据えられた。地上の連中が置き直したのだ。機体は安堵の吐息をつくまもなく、ふたたびぬかるみに沈みこんでいく。だが私は全体重をかけてもう一度ラダーペダルを踏みこんだ。そうやって機体を逆旋回、いや正確には逆スリップさせると（正しい旋回などくそくらえだ！）、王冠が今度は左にそれていく。

つづけられるか？　こんなことをいつまでもつづけられるわけがない！　ものすごい力でいくら踏みこんでも、そのたびにまた前方に、槍がおびただしく突き立てられる。新たな王冠が据えられる。衝撃がずしんと腹に響く。下に目をやると、無数の光の気泡がこちらめがけて気が遠くなるほどゆるやかに押し寄せてくる。われわれがまだ無傷でいるなんて信じられない。どうも私は不死身らしい。自分が勝利者になった気分だ。私は過ぎていく一瞬一瞬のなかで勝利者なのだ！

「くらったか？」

者なのだ……。

「いいえ……」

二人もやられていない。あの二人も不死身だ。勝利者だ。私のもとで搭乗員は勝利者なのだ……。

いまとなっては、爆発のひとつひとつがわれわれを脅かすのではなく、堅固にしてくれるものに思える。一〇分の一秒ほどの爆発のたびに、木っ端微塵になった機体が頭をよぎる。しかし機体は相変わらず制御がきく。私は馬を操るように手綱を強く引き締め、機体を立て直す。すると張り詰めていたものがゆるんで、じわじわと喜びに浸される。私は恐怖というものを、筋肉の収縮——激しい音によって引き起こされる筋肉の収縮としてしか感じるひまがなかった。次の瞬間にはすでに、ほっとため息をついているのだ。普通なら、まず衝撃をくらった驚き、次に恐怖、それから安堵を感じるはずだろう。ところがそうはいかない！　そんなひまはないからだ。私は驚きを感じると、次にはもう安堵に包まれている。驚き、そして安堵。あいだにあるはずの恐怖という段階がすっぽり抜け落ちている。だから、次の瞬間に訪れるかもしれない死の予感のなかに生きるのではなく、先立つ瞬間が過ぎると、蘇生の時間を生きることになる。それは延々と引き延ばされた喜びのなかに生きるようなものだ。いつまでも尾を曳く歓喜のなかに生きるようなものだ。そうしているうちに、まったく予期していなかった愉楽がこみあげてくる。まるで一秒ごとに生命が与えられるかのようだ。一秒ごとに生命がますます研ぎ澄まされていくかのようだ。私は生きている。生命に満ちている。まだ生命に満ちている。相変わらず生命に満ちている。私はもはや生命の泉そのものだ。生命の陶酔が私をとらえる。「戦いの陶酔……」などと言われるが、それは生命の陶酔だ！　下から対空砲火にいそしんでいる連中は、自分たちがかえってわれわれを鍛え上げているということを知っているのだろうか？

オイルタンクも燃料タンクも、ひとつ残らず破損している。「完了！　上昇してください！」デュテルトルだ。私はもう一度、雲までの距離を目測し、機首を上げる。もう一度、機体を左に、そして右に傾ける。もう一度、地上を一瞥する。この光景を忘れることはないだろう。平野一面に短い光の束がちらちら瞬いている。おそらく速射砲だろう。青みがかった巨大な水槽の底から、細かい気泡が次々に湧き上がってくる。アラスの火炎は鉄床《かなとこ》上の灼けた鉄片のように赤黒い光を放っている。地下から養分を吸い上げながら燃えつづけるアラスの火炎――そのなかでは、人間の汗が、人間の発明が、人間の芸術が、人間の思い出と遺産が、逆巻く髪のようにもつれ合って吹き上がり、焼け焦げた灰となって風に運ばれていく。

早くも翼はうっすらとした靄《もや》の塊をかすめる。依然としてまわりには金色の矢が飛び、雲の腹を下から射貫いている。最後に目に入るのは、機がすっかり雲に包まれる直前、雲間からのぞく光景だ。一瞬だけ見えるアラスの火炎。教会堂の奥に灯るランプのように闇を照らしている。あの炎はなにかの祭儀のために燃やされているが、多くの犠牲をともなう。明日には一切を食らい尽くし灰に変えてしまっているだろう。私はそのアラスの火炎を証言として持ち帰るのだ。

「大丈夫か、デュテルトル？」

「大丈夫です、大尉。針路二四〇度。二〇分後に雲の下へ。セーヌ上空のどこかで位置を確認します……」

「大丈夫か、機銃員？」

「えっ……、はい……、大尉……、大丈夫です」

「きつくなかったか？」

「えっ……、いいえ……、はい」

やっときたらなにもわからなくなってやがる。嬉しくて仕方ないのだ。私はガヴォワルの機銃員のことを考える。ある晩、ライン河上空で、ガヴォワルは八〇基の探照灯の光束にとらえられた。八〇の光芒が機のまわりに壮大な列柱を作り上げる。そこへ砲撃が混じり合う。そのときガヴォワルの耳に、機銃員が小声で呟くのが聞こえてくる（咽喉マイクにかかると秘密もなにもありはしない）。機銃員は自分を相手に内緒話をしているのだ。「見ろよ！　すごいぜ……、大したもんじゃないか……。銃後にいたんじゃ、まずお目にかかれない代物だ……」機銃員は嬉しくて仕方なかったのだ。

私はゆっくりと深呼吸をする。胸一杯に息を吸いこむ。息ができるというのはすばらしい。これからいろいろなことがわかってくるはずだ……。しかしまずはアリアス隊長のことを考えよう。いや、違う。はじめに考えるのは、農家の主人のことだ。装置がいくつあるか訊いてやらなければ……。そう、私は一度こうと決めたら頑固なのだ。一〇三。それはそうと……、燃料計、油圧計……、タンク破損時には、こいつらによく気をつけておかないとな！　問題なし。ゴム被膜の防弾処理のおかげで、被弾しても持ちこたえてくれる。こいつはすばらしい改良だ！　ジャイロスコープも見てみる。この雲は居心地がよくない。雷雲なのだ。機体が猛烈に揺さぶられる。

「もう降下してもいいんじゃないか?」

「一〇分……、あと一〇分待った方がいいでしょう……」

ではあと一〇分待つことにしよう。ああ、そうだった。アリアス隊長のことを考えていたのだった。隊長はわれわれが帰ってくるものと本当に思っているだろうか?

先日は帰投が半時間遅れてしまった。普通、半時間の遅れといえば大ごとだ……。私は夕食中の仲間のもとへ駆けつける。扉を開け、アリアス隊長の隣の席に勢いよく腰をおろす。隊長はちょうど、付け合わせのパスタをフォークに巻きつけ口に運ぶところだ。まさに頬ばろうとしている。その隊長がはっと驚いて手を止め、口をあんぐりと開けたまま、私をしげしげと見つめる。パスタはぶら下がったまま動かない。

「ああ!……。そうか……、帰ってきてくれて嬉しいよ!」

そしてパスタを口に入れる。

愚見を言わせてもらえば、隊長には由々しき欠点がある。それは任務報告について、操縦士に根掘り葉掘り尋ねることだ。今回もまたしつこく尋ねてくるだろう。私が重要な事実を報告するまで、恐るべき辛抱強さでこちらを見つめるに違いない。紙と万年筆を用意して、私の持ち帰ったこの貴重きわまりない霊薬を一滴たりとも無駄にするまいとするはずだ。そして私は自分の学生時代を思い出すだろう。

「サン＝テグジュペリ君、ベルヌーイの方程式をどうやって積分するのかね？」

「ええと……」

ベルヌーイ……。ベルヌーイ……。あの視線に射貫かれて、その場に立ちつくしたまま身じろぎひとつできない。まるでピンで刺された標本の昆虫だ。

任務報告なら、デュテルトルの領分だ。デュテルトルは真下を観察している。だからいろいろなものが目に入る。トラック、艀船《はしけぶね》、戦車、兵員、火砲、軍馬、鉄道駅、構内の貨車、駅長。私の方は斜めに観察するばかりだ。見えるものといえば、雲、海原、河川、山地、太陽。あまりに大雑把だ。わかるのは大体の様子でしかない。

「隊長、ご存知のように操縦士というのは……」

「おいおい！　それでもなにかは見えるはずだ」

「自分は……、あっ！　そう、火災です！　火災をいくつも見ました。重要だと思うのですが……」

「いや。なにもかもが燃えているんだ。他にはないか？」

どうしてアリアス隊長はこうも容赦ないのだろう？

22

隊長は今回も尋ねてくるだろうか？

私がこの任務から持ち帰るのは、報告書には記載しようのないものだ。きっと黒板を前にした生徒のように「立ち往生」するに違いない。はたから見たら不幸に打ちひしがれているように見えるかもしれないが、実際には不幸なんかではないだろう。不幸はもう終わりだ……。最初の砲弾が光った瞬間に、不幸は消し飛んでしまったのだ。もう一秒でも早く引き返していたら、私は自分についてなにも知らずに終わってしまっただろう。

心にこみあげてくるしみじみとした愛情も知らずに終わってしまっただろう。いま私は仲間のもとへ戻るところだ。さあ帰るのだ。まるで、買い物をすませて家路を急ぎながら、家族を喜ばせる晩の料理のことを考える主婦のような気持ちだ。買い物籠を右に左に揺り動かしては、新聞紙の覆いをときどき持ち上げてみる。全部そろっている。忘れたものはない。みんながあっと驚く顔を想像すると、自然にほほえみが浮かんでくる。少しぶらぶらしたい気持ちになって、店先をちょっとのぞいてみる。

デュテルトルのせいでこの白一面の牢獄に閉じこめられていなければ、私だって喜んで店先をのぞいてみるだろう。田園が次々に流れ去っていくのが見えるはずだ。だが、やつの言うように、もう少し我慢した方がいい。この風景は毒々しい悪意に満ちているのだ。あらゆるものが陰謀をめぐらせている。田舎風の小さな城館にしても、わずかな芝生と手入れされた一ダースばかりの樹木に囲まれて、あどけない少女が持っている玩具の宝石箱のように見えてはいるが、それさえもが罠でしかない。低空で飛ぼうものなら、親しげな合図どころか、砲弾の炸裂に見舞われることになる。

こうして雲に包まれているけれど、私はやはり買い物からの帰り道だ。だって隊長の声はまるでこう言っているようだったではないか。「最初の通りを右に行って、角のところでマッチを買ってきてくれ……」いまの私にはなんの後ろめたさもない。頼まれたマッチはこのポケットに入っているのだから。いや正確には、入っているのは僚友デュテルトルのポケットだ。それにしても、デュテルトルはどうやって自分の見たものすべてを思い出すのだろう？　まあいい、やつに任せておこう。私はもっと大事なことを考える。着陸後、また基地の撤収などという騒ぎにならずにすむようなら、ラコルデールにチェスを一局挑んで倒してやろう。やつは負けるのが嫌いだ。それはこちらも同じ。やつに勝ってやろう。

昨日ラコルデールは酔っ払っていた。少なくともほろ酔い程度には。こう言ったからといって、ラコルデールを貶すつもりは毛頭ない。やつは自分を慰めるために酔っ払ったのだ。帰投の際、着陸脚を出し忘れて、胴体着陸をしてしまった。あいにくその場にアリアス隊長が居合わせていた。隊長は憂鬱そうな顔で機体を眺めたが、ひと言も口をきかなかった。老練な操縦士ラコルデールのあの時の姿がありありと目に浮かぶ。ラコルデールはアリアス隊長の叱責を待ち受けていた。厳しく叱責されていれば、気もすんだだろう。怒鳴られていれば、怒鳴り返すこともできただろう。そうやって反論することで怒りもしぼんだだろう。けれどもアリアス隊長は首を振るだけだった。機体のことを考えていたのだ。ラコルデールのことは気にも留めていなかった。隊長にしてみれば、この事故は個人とは無関係のありふれた過失、いわば税務統計上の数字のようなものでしかなかった。どんな老練な操縦士でもときとして陥るつまらない不注意にすぎなかった。それが理不尽にもラコルデールに降りかかっただけだ。その日の失策をのぞけば、ラコルデールはまったく非の打ち所のない操縦士だった。だからアリアス隊長は機体にしか関心を向けず、損傷についてのラコルデール本人の見解を、きわめて事務的に求めたのだった。そのとき私には、ラコルデールの押し殺された怒りが一段と強まるのが感じられた。拷問者の肩に優しく手を置き、こう声をかけたらどうなるだろう。「あの犠牲者……かわいそうに、あんなにやられて……ほら……さぞ痛いことでしょうね……」人間の心の動きというのは予想もつかない。この優しく置かれた手は、相手の心に憐憫の情を呼び覚まそうとしていたのに、かえって相手を激昂させてしまう。拷問者は怒りに燃える暗いまなざしを犠牲者に投げる。息の根を止めてしまわなかったことを後悔しているのだ。

そう、私は家路についている。二／三三飛行大隊はわが家だ。私にはわが家の面々の気心がわかっている。ラコルデールについて思い違いをするわけがない。ラコルデールも私について思い違いをするわけがない。私はこの共同体を、このうえなくはっきりと感じている。「われわれは皆、二／三三飛行大隊の者だ！」ほら、これだけでもう、ばらばらだった素材がひとつに結ばれるのだ……。

　ガヴォワルやイスラエルのことを考える。すると、自分をガヴォワルやイスラエルに結びつけているこの共同体の存在をひしひしと感じる。私はガヴォワルについて自分に尋ねてみる。なにがあのような人間にしたのだろうか？　ガヴォワルは、土に生きる人間に特有のある実体を見事に体現している。すると、ある思い出がふと甦ってきて、かぐわしい香りで心を満たす。オルコントに宿営していた頃、ガヴォワルも私と同じように農家を宿舎にしていた。

　ある日、ガヴォワルから声をかけられた。

「うちのところのおかみさんが豚をつぶしましてね、腸詰《ブーダン》めをご馳走してくれるっていうんですよ」

　イスラエル、ガヴォワル、そして私の三人は、皮のぱりっとした黒い腸詰めを振る舞ってもらった。おかみさんは、白ワインの小瓶まで出してくれた。ガヴォワルが私に言った。「おかみさんにこれを買ったんです。喜ばせてあげようと思いましてね。サインしてやってもらえますか」それは私の本[25]だった。私はなんのわだかまりも感じなかった。喜ばせてあげようと、喜んでサインをした。イスラエルはパイプを詰めている。ガヴォワルは腿を掻いている。おかみさんは著者のサイン入りの本をもらえて嬉しそうだ。腸詰めが美味しそうな匂いを立てている。私は白ワインに少し酔っていた。普段ならなんとなく滑稽な気がするのだが、そのときは自著にサインをしていても、自分をこの人たちと異質の人間だとは感じなかった。拒まれているとは感じなかった。この本があっても、著者らしくも傍観者らしくもなっていなかった。私はよそ者ではなかった。イスラエルは私がサインするのをおとなしく見ている。ガヴォワルはごく自然に腿を掻きつづけている。私はそんな二人に対して、漠然とした感謝のようなものを感じていた。この本のせいで、自分が抽象的な傍観者に見られてしまう可能性もあった。しかしこの本があっても、私は知識人らしくも傍観者らしくもなっていなかった。二人の仲間のままだった。

私は昔から傍観者というやつが大嫌いだった。参加しないなら、この私とは一体何者だろう？　存在するためには、参加することが必要だ。私は仲間たちの美質を自らの糧とする。その美質は自覚されることのない美質だ。それは謙虚だからではなく、そのようなものを気にかけていないからだ。ガヴォワルは自分が優れているとは思っていない。イスラエルも。ガヴォワルもイスラエルも、自分を職責や義務と――そして湯気を立てる腸詰めと——結びつけているさまざまな絆の網目なのだ。私は二人の存在の濃密さに陶然とする。黙っていても構わない。白ワインを飲んでいても構わない。たとえこの本にサインをしていても構わない。二人から切り離されることはないのだから。どんなことがあっても、この友愛関係が損なわれることはないだろう。

だからといって私は、知性の働きや意識の勝利にけちをつけようなどというつもりはない。清澄な知性というものをすばらしいと思っている。けれども、もし実体が欠けてしまったら、人間とは一体なんだろうか？　もしただの視線にすぎず、存在ではないとしたら？　その実体を、私はガヴォワルの内に、あるいはイスラエルの内に見出す。かつてギヨメ[26]の内に見出したのと同じように。

25　フランスの対独宣戦にともないサン゠テグジュペリが動員される約半年前に刊行され、アカデミー・フランセーズ小説大賞を受賞した『人間の大地』のことだと思われる。

26　アンリ・ギヨメ（一九〇二〜一九四〇）は空軍で訓練を受けたあと、民間輸送機操縦士の資格を取りラテコエール社に入社。サン゠テグジュペリらとともにカサブランカ‐ダカール路線で郵便物を運び、次いで南米で新路線を開拓。『人間の大地』はギヨメに捧げられている。一九四〇年一一月、地中海上でイタリアの戦闘機に撃墜された。

作家としての活動のために、私はなにかと便宜を図ってもらうことができる。たとえば、その気になればすぐにでも行使できる自由。二／三三飛行大隊での職務がいやになったら、この隊を離れて別のところに配属してもらう自由がそれだ。しかし私はそんなものは突っぱねる。激しい恐怖のようなものに襲われるのだ。そんな自由は、存在することを否定する自由だ。義務のひとつひとつが新しい自分を作り出していくのだから。

われわれフランス人は、実体のない知性のために、死にかけていた。ガヴォワルはしっかりと存在している。愛したり、嫌悪したり、喜んだり、不平をこぼしたりする。ガヴォワルはもろもろの絆によって作られているのだ。そして私は、向かい合って腸詰めを味わうように、われわれを同志として分かちがたく結んでいる職務上の義務を味わう。私は二／三三飛行大隊を愛している。面白い見世物を前にした見物人として愛しているのではない。見世物などには興味がない。私が二／三三飛行大隊を愛しているのは、自分がその一員だからだ。隊が自分をはぐくんでくれるからだ。そして自分自身が隊をはぐくんでいる一人だからだ。

アラスから帰還しつつあるいま、私はこれまでよりもさらに深く隊と結びついている。新たにもうひとつの絆を手に入れたのだ。沈黙においてのみ味わえるあの連帯感を、自分のなかで一層堅固なものにしたのだ。イスラエルとガヴォワルは、おそらく私よりも危険な目に遭ってきた。イスラエルは消息を絶ったままだ。しかし私もまた、今日の散歩から戻ることができなかったかもしれないのだ。おかげで私には、いままでより少しばかりは遠慮せずに、二人と一緒の食卓で、二人と一緒に黙っていることができる。この権利を得るには、とても高い代償を払わなければならない。しかしそれに見合うだけの価値はある。なにしろ「存在する」という権利なのだから。だからこそ、あの本にもわだかまりなくサインしたのだ……。あの本によってもなにひとつ損なわれることはなかった。

だが、もうすぐ隊長に尋問されて口ごもる羽目になるだろうと考えるだけで、顔が赤くなってくる。さぞ恥ずかしいだろう。隊長は私のことを少し鈍いやつと思うかもしれない。私が本のことなど気にも留めていないのは、たとえ本がいくらあったところで、たとえ書棚を埋めつくすほどの著作がすでにあったところで、いま怖れている恥ずかしさから自分を救い出すのに役立ってくれるはずもないからだ。この恥ずかしさはうわべだけのものではない。私は、腹の底では馬鹿にしながらも形だけは良風美俗に従っているような懐疑主義者とは違う。休暇のあいだだけ農家の真似事をするような都会人とは違う。私はいま一度、今度はアラス上空へ探しに行ったのだ、自らの誠実さの証を。私は冒険のなかでこの肉体を賭けた。肉体のすべてを。失うことを承知で賭けた。私はこのゲームの規則に自分にできるすべてを捧げた。それを単なるゲームの規則以上のものにするためだ。そうして私は、まもなく隊長に尋問されるときに恥じ入ってうなだれる権利を手に入れたのだ。つまり、参加する権利を。結ばれる権利を。一体となる権利を。受け取り、そして与える権利を。自分以上のものになる権利を。これほどまでに満ち足りた充実感に達する権利を。戦友たちに抱いているこの愛を感じる権利を。この愛は外部からもたらされるものではない。決して表立ってあらわれようとはしない。――ただし送別会の席は別だ。そのときばかりは誰もがほろ酔い機嫌に包まれたまま、アルコールの助けも借りて、ちょうど樹木がたわわに果実をつけた枝を差し出すように、まわりの仲間たちに好意を振りまくのだ。隊への私の愛は、わざわざ口に出して言う必要はない。ただ絆だけがその愛を作っている。それは私の実体そのものだ。私は隊の一員だ。それだけのことだ。

隊のことを考えると、オシュデのことを考えずにはいられない。戦いでのその勇気を語ることもできるが、馬鹿らしいだけだ。勇気が問題なのではない。オシュデは戦争に一切を捧げているのだ。おそらくは隊の誰よりも。オシュデはどんなときでも、私にはなかなかたどり着けなかった状態に身を置いている。出撃前に装具をつけるとき、私は文句ばかり言っていた。だがオシュデは文句ひとつ言わない。われわれが目指すところにすでに達しているのだ。私が到達したいと思っていたところに。

オシュデは下士官あがりで、最近少尉に昇進した。たぶんそれほど教養はない。自分自身についてなにも明らかにすることはできないだろう。だが鍛え上げられている。極みに達している。オシュデに関するかぎり、義務という言葉はあらゆる贅肉を削ぎ落とされている。誰もが思うのは、オシュデが義務に服するように自分も義務に服したい、ということだ。オシュデを前にするといつも、自分のなかにあるつまらない諦念や、油断や、怠惰のすべてを責めずにはいられなくなる。そしてなによりも、懐疑が頭をもたげてくる場合には、その懐疑を。懐疑は美徳のあらわれなどではなく、嫉妬が理路整然とした形をとっているだけなのだ。私はオシュデが存在するのと同じくらいに存在したい。深々と根を張った樹木は美しい。どんなときにも揺らぐことのないオシュデは美しい。オシュデが人を失望させることなどありえない。

　だからオシュデの出撃についてはなにも語るまい。自ら志願するのか？　われわれは皆、どんな出撃であれ自ら志願する。ただしそれは、自分自身を信じたいという漠とした欲求に駆られてのことだ。そうやって、自分というものを幾分かでも乗り越えるのだ。けれどもオシュデはごく自然に志願する。オシュデはこの戦争そのものなのだ。それがあまりに自然なので、生還の見込みの薄い危険な出撃を余儀なくされると、隊長は真っ先にオシュデのことを考える。「ところでオシュデ……」修道士が信仰に浸るように、オシュデは戦争に浸りきっている。なぜ戦うのか？　自分のために戦うのだ。オシュデは自分が救うべきもの、自分の存在の意味であるものと一体となっている。この境地に至ると、生と死とはいくらかは同じものとなる。オシュデはすでに死と混じり合っている。おそらく自分では意識していないだろうが、オシュデはほとんど死を怖れない。生きつづけることと、生きつづけさせることが両立しているように、オシュデには生きることと死ぬことが両立しているのだ。

　はじめてオシュデに驚嘆したのは、基準速度を測るからクロノメーター[27]を貸してくれとガヴォワルに頼まれたとき、ひどい苦しみを示したからだ。

「中尉……、駄目です……困ります……」

「おいおい！　調整のあいだだけ、たかが一〇分じゃないか！」

「中尉……、隊の倉庫にひとつあります」

「ああ。でもあれは動かない。ひと月半も前からずっと二時七分で止まってる」

「中尉……、クロノメーターは人に貸すものじゃありません……。自分にはこのクロノメーターをお貸しする義務はありません……。中尉であっても、それを強制なさることはできません！」


軍規と階級秩序尊重は、オシュデのような人間を、撃墜されて火だるまになりながらも奇跡的に無傷で生還した直後に、別の機に搭乗し別の任務——今度こそ本当に危険な任務——につかせることはできる……。けれども、非常に高価なクロノメーターを、その価値もわからない人間の手にゆだねさせることはできない。その精密時計は、三カ月分の給料をはたいて手に入れたもので、毎晩母親のような心づかいでネジを巻いてきたのだ。誰かの手の動かし方を見るだけで、その人がクロノメーターの何たるかを少しも理解していないとわかる。

27　温度、湿度、気圧などの外部の影響をほとんど受けない、精密な携帯用ぜんまい時計。

ようやく自分の権利を認めさせたオシュデが、クロノメーターを胸に抱え、憤然とした思いをまだ引きずったまま部屋から出ていったとき、私はこの男を抱き締めたい気持ちだった。オシュデが心から大切にしているものを知ったのだ。オシュデは自分のクロノメーターのために戦うだろう。そのクロノメーターが存在しているからだ。また、自分の国のために命を投げ出すだろう。その国が存在しているからだ。そしてオシュデが存在しているのは、そういったものに結びつけられているからだ。世界と自分とを結びつけるすべての絆が、オシュデという男を作っている。

だからこそ私はオシュデを愛しているけれども、それをわざわざ告げる必要を感じないのだ。ギヨメを――生涯最良の友人を地中海上空で失った後、私がこの親友について語ろうとしないのも同じ理由からだ。ギヨメと私は同じ航空路で飛行機を操縦し、同じ創造に身を投じた。二人のなかには同じ実体があった。ギヨメの死とともに、自分も幾分か死んだような気がする。私はギヨメを、沈黙のなかでつながる僚友の一人とした。私はギヨメに結ばれている。

私はギヨメに結ばれている。ガヴォワルに結ばれている。オシュデに結ばれている。二／三三飛行大隊に結ばれている。そして二／三三飛行大隊の隊員すべてがこの国に結ばれている……。

23

私はすっかり変わった！　ここ数日というもの、そう、アリアス隊長、私は苦い気持ちだった。ここ数日、敵の機甲部隊はまるで無人の野を進むようにやすやすと侵攻してきたのに、二／三三飛行大隊は捨て身の出撃で二三組の搭乗員のうち一七組を失ったのだから。あなたをはじめわれわれ全員が、戦争には端役が必要だという理由だけで、死者の役を演じているように思えて仕方がなかった。そう、アリアス隊長、私は苦い気持ちだった。けれどもそれは思い違いだった。

あなたをはじめわれわれ全員が、もはやすでにその意味が曖昧になっている「義務」という言葉にしがみついていた。あなたはわれわれを勝利へと駆り立てる代わりに――そんなことは不可能だ――、そうとは意識しないでわれわれをたえず新たな自分へと生成変化するように駆り立てていた。あなたもわれわれ同様、収集した情報が誰のもとへも伝達されないだろうとわかっていた。しかしそれでもあなたは、どのような効果があるのか不明ではあっても、儀式をつづけようとしていた。だから、まるでそれがなにかの役に立ちでもするかのように、敵戦車部隊の位置について、艀船《はしけぶね》について、トラックについて、鉄道駅について、構内の列車について、われわれに真剣に尋ねていたのだ。私にはそれが忌々しい欺瞞のようにさえ思われていた。

「いやいや、操縦席からだってよく見えるはずだ」

けれどもアリアス隊長、正しいのはあなたの方だった。

いま飛行中の私の下に見える群衆、あの群衆に思いを向けるようになったのはアラス上空だった。私は自分を与えた相手としか結ばれない。自分と一体になった者しか理解しない。私が存在するのは、さまざまな泉がこの根を通して私を潤してくれているかぎりにおいてでしかない。私はあの群衆の一部だ。あの群衆は私の一部だ。雲の下に出て、時速五三〇キロで高度二〇〇メートルを飛びながら、夕暮れのなか、私は群衆と一体になる。私は羊飼いだ。一目で群れを数えあげ、呼び集めてひとつにまとめる羊飼いだ。あの群衆はもはやただの群衆ではない。国民だ。どうして希望を抱かずにいられるだろう?

敗北でなにもかもが荒《すさ》み果てているにもかかわらず、私のなかには秘跡を受けた後のように、消えることのない厳かな歓喜がある。どうしようもない無秩序に身を浸していながら、心は勝利者のように晴れやかだ。出撃から生還したとき、この勝利者を己の内に宿していない戦友がいるだろうか？　ペニコ大尉も今朝の出撃をこう語っていた。「機関砲のなかに、あまりに正確にこちらを狙ってくる生意気なやつがいたんで、機首をそいつに向けて、地面すれすれに全速力で突っ込んで、機銃掃射をお見舞いしてやった。そうしたら、さっきまであんなにしつこく火を吐いていたのに、一瞬でおとなしくなりやがった。蠟燭の炎が風でふっと吹き消されたみたいなもんさ。あっという間にその上を猛烈な勢いで通りすぎてやったんだが……、機関砲が爆発でもしたかっていう大騒ぎ。連中ときたら、散り散りに逃げながら、つまずいたり転んだりしてた。九柱戯[28]でもやってる気分だったよ」ペニコは笑っていた。すばらしく笑っていた。勝利者の笑いだった！

　私は知っている。出撃というのは人を変貌させるものなのだ。ガヴォワルの機銃員でさえ、八〇基の探照灯の光の束が築く夜の柱廊にとらえられ、軍人の結婚式さながらに、鋭い剣のアーチをくぐり抜けたときには変貌したのだから。

「針路を九四度にしてください」

デュテルトルはセーヌ上空で位置を確認したところだ。高度を約一〇〇〇メートルに下げる。地面はわれわれに向かって時速五三〇キロの速さで、ウマゴヤシの原や小麦畑の広大な長方形や、三角形に広がる森林を運んでくる。次々に寄せるその流氷を機首が押し分けて進んでいくのを見ていると、奇妙な肉体的愉楽に包まれる。セーヌ河が見えてくる。それをはすかいに横切ると、セーヌはくるっと向きを変えるようにして遠ざかっていく。その動きに、長柄鎌でさっとひとなぎするときと同じ心地よさを覚える。私はしっかりと身を落ち着けている。私はこの機の主《あるじ》だ。タンクはどれも持ちこたえてくれている。ポーカーダイスでペニコに一杯おごらせてから、ラコルデールをチェスでやっつけてやろう。私は一回勝つと、際限なく勝ちつづけるのだ。

「大尉……、撃ってきます……。どうも飛行禁止区域に入ったようです……」

28　ボウリングに似た競技。九本のピンに球を投げ、倒したピンの数によって得点を競う。ナインピンズともいう。

飛行経路の計算はやつの仕事だ。こちらが文句を言われる筋合いはない。

「激しく撃ってくるのか?」

「精一杯撃ってます……」

「大回りするか?」

「いいえ、構いません……」

その口調は落ち着き払っている。われわれは豪雨のような集中砲火を浴びてきたのだ。友軍の対空砲など、たかだか春時雨《はるしぐれ》にすぎない。

「デュテルトル……、わが家まできて撃ち落とされたんじゃあたまらないぜ!」

「……落とせるもんですか……こうやって訓練させてやりましょう」

デュテルトルは辛辣だ。

私は辛辣にはなれない。嬉しくて仕方ないのだ。むしろ友軍の連中に話しかけてやりたいくらいだ。

「ほほう……そうくるか……。あいつらの撃ち方ときたら、まるで……」

おや、やつは生きていたか! 考えてみるとこの機銃員、自分から口を開いて存在を示したことは一度もなかった。この冒険のすべてを、誰かと話したいとも思わず、一人でじっと耐えていたのだ。もっとも、砲撃が熾烈をきわめたとき、「あっ！　あそこ、あそこです！」と叫んだのはやつだったが。いずれにせよ、なにを考えているのかはほとんど伝わってこなかった。

しかし今度はやつの専門、機銃のことだ。専門家というのは、こと自分の専門となると、やめろと言っても話しつづけるものだ。

私はふたつの世界を対比させずにはいられない。機上の世界と地上の世界だ。私はいましがたデュテルトルと機銃員を、許される限界の彼方にまで連れ出した。われわれはフランスが燃えあがっているのを見た。海が光り輝くのを見た。高空で年老いた。博物館の陳列ケースに身をかがめるようにして、はるか遠い大地をのぞきこんだ。太陽のなかで埃と見紛う敵戦闘機とたわむれた。それから高度を下げた。われわれは火炎に身を投じた。一切を犠牲に捧げた。そうやって自分自身について多くを学んだ。おそらくは一〇年間の瞑想を通して学ぶ以上のことを学んだ。そしてようやく一〇年間のこの修道院生活から抜け出してきたのだ……。

それなのに、われわれがアラスへと向かうときに上空を飛んだはずのこの道路では、こうして再会できた避難民の列は、せいぜい五〇〇メートルしか進んでいない。避難民たちが故障した一台の自動車を側溝に移動させたり、タイヤを交換したり、横道から入りこんできた車列が途切れるのを苛々とハンドルを叩きながら待ったりしているあいだにも、われわれは基地へ帰投しているだろう。

われわれは敗北全体をひとまたぎで越える。まるで巡礼者のようだ。千辛万苦《せんしんばんく》のうちに砂漠を進みながらも、心はすでに聖なる都にあるために、それを少しも苦にしない巡礼者のようだ。

まもなく夜になると、この群衆は惨めな家畜小屋へ乱雑に押しこめられるだろう。群れは身を寄せ合いながら、なにに向かって鳴き声をあげるのだろうか？　しかしわれわれには、戦友のもとへ急ぐことが許されている。祝祭に馳せ参じる気分だ。なんの変哲もない小屋でも、明るい灯が遠くから見えるだけで、どんなに厳しい冬の夜もクリスマスの夜に変えてくれる。向かいつつあるあの場所では、われわれを温かく迎えてくれるだろう。向かいつつあるあの場所では、われわれは夕餉《ゆうげ》のパンのなかでひとつになるだろう。

今日のところは波瀾万丈はもうたくさんだ。私は幸福と疲労とに包まれている。穴だらけの機体は整備士に任せよう。さっそく重い飛行服を脱いで、ペニコと一杯賭けるには遅すぎるから、おとなしく仲間たちのあいだに腰をおろして夕食を取ることにしよう……。

われわれの帰投は予定より遅れている。帰投が遅れた戦友は、まず戻ってはこない。あいつら遅れてないか？　遅すぎるな。残念だが仕方ない。夜はその戦友たちを永遠のなかへ押し流してしまう。夕食の時間になると、隊員にはその日の死者の数がわかるのだ。

還らない者は、思い出のなかで美化してもらえる。生前のいちばん明るい微笑をいつまでもまとわせてもらえる。だがそのような恩恵に浴すのは諦めないと。われわれは、まるでいたずら者の天使か密猟者のように、こっそりと姿をあらわす。隊長は食べかけたパンもそのまま、われわれを見つめるだろう。そしておそらくこう言うはずだ。「ああ！……きみたちか……」仲間はなにも言わないだろう。ほとんどわれわれに目をやることもないだろう。

私は昔、大人というのをあまり尊敬していなかった。けれどもそれは間違いだった。

人は決して年を取ることはない。アリアス隊長！　兵士たちは誰かが帰還したときもやはり変わらず純真なのだ。「やあ、お帰り……」そう声をかけたいけれど、気恥ずかしさから黙っているだけだ。

アリアス隊長、アリアス隊長……。あなたたちとともにあるこの共同体、私はそれを目の見えない人が火を味わうように味わった。その人は腰をおろし、両手を差し伸べるが、どこからその心地よいぬくもりがくるのかわからない。われわれは任務を終えると、未知の味わいを持つ報酬を楽しみに帰路につく。その報酬とは愛にほかならない。

だがわれわれは、それが愛であることに気づかない。普通考えられている愛は、もっと激しい感動をともなうものだからだ。しかしこれこそが本当の愛、つまり、たえず新しい自分を作り出すことを可能にしてくれる、複雑に絡み合ったさまざまな絆なのだ。

24

宿営している農家の主《あるじ》に装置の数について訊いてみた。すると相手はこう答えた。

「飛行機についちゃなにもわかりませんがね、ただ、いくつか機械が足りないのは確かでしょうな。そいつさえあったら戦争に勝てたんでしょうけど……。夕飯をご一緒にどうですか？」

「もうすませたんだが」

そう断ったにもかかわらず、おかみと姪のあいだに座らされてしまった。

「お前はもう少しそっちへ寄りなさい……。大尉さんが座れるように」

私が結ばれていると感じるのは、戦友たちだけではない。戦友たちを通して、この国全体と結ばれているのだ。愛はひとたび芽を出すと、どこまでもどこまでも根を広げていく。

主人は黙々とパンを切り分けている。一日の労苦を終えた後のその姿は、荘重な威厳をまとって気高く見える。もしかするとこれが最後になると思っているのか、祭儀をとりおこなう厳かさでパンを全員に配る。

私はこのパンの材料をはぐくんだ周囲の小麦畑に思いをはせる。敵は明日にもその小麦畑に侵入してくるだろう。だが、武装した兵士の大群が怒濤のように押し寄せてくるものとばかり思ってはいけない。大地は広いのだ。侵入軍が姿をあらわすとしても、このあたりではおそらく歩哨一人といったところだろう。果てしなく広がる田園にまぎれ、小麦畑のはずれにぽつんと見える灰色の点でしかない。侵入軍がきても外見上はなんの変化も見られないだろう。けれども、ほんのちょっとした兆しがあるだけで、人間にとってはすべてが別のものになってしまうのだ。

実った小麦畑を渡る風は、相変わらず海の面を吹く風に似ているだろう。しかし小麦畑に吹く風の方が一層豊かで充実しているように見えるのは、一面の黄金色を波立たせるその風が、世代から世代へと受け継がれてきた小麦畑を見守っているからだ。それは未来を保証してくれる。実った小麦畑を渡る風は、妻へのやさしい愛撫であり、髪にそっと差し入れられた穏やかな手なのだ。

しかしその小麦も、明日には変わってしまうだろう。小麦というのは単なる肉体の糧とは別のものだ。人間を養うのは、家畜を太らせるのとは違う。パンには実にさまざまな役割があるのだ！　われわれがパンのなかに人間同士を結ぶ媒介の役目を見るようになったのは、分かち合って食べるパンのおかげだ。われわれがパンのなかに労働の偉大さを見るようになったのは、額に汗して得るパンのおかげだ。われわれがパンのなかに慈悲の本質を見るようになったのは、貧窮のときに配られるパンのおかげだ。誰かと分け合って食べるパンの味わいは、他のなにものにも代えがたい。パンは精神を養う糧なのだ。ところがいま、この小麦畑から生まれるはずの精神のパンに備わるあらゆる力が危機に瀕している。主人は明日も今日と同じようにパンをちぎるかもしれないが、その儀式の意味は同じではないだろう。明日にはもはや、パンは今日と同じまなざしの光を養うことはないだろう。パンというのはランプの油のようなものだ。油がランプを養い光となって輝くように、パンは人間を養い光となって輝くのだ。

私は農家の姪を見つめる。とても美しい。パンがこの少女を通して、憂愁を帯びた美しさとなっている。恥じらいとなっている。やさしい沈黙となっている。だがその同じパンは、小麦の海原のはずれにあらわれる灰色の点のために、たとえ明日も同じランプを養うにしても、おそらくはもう同じ光となることはないだろう。パンの持つ力の本質が変わってしまっているのだから。

私がこれまで戦ってきたのは、肉体の糧を救うためというよりは、むしろ光がいつまでもその質を保っていられるようにするためだ。私がこれまで戦ってきたのは、わが国のそれぞれの家庭で変容を遂げたパンが放つ、独特の光のためだ。目の前の控えめな少女のなにが私の心を動かすのかといえば、少女を包んでいるなにか物質ならざるものだ。顔立ちをつくる線と線とを結ぶ曰く言いがたいつながりだ。それはページのうえに読み取られる詩だ、——ページそのものではない。

少女は見つめられているのに気づいた。私の方へ目をあげた。どうやらほほえんでくれたらしい……。それは移ろいやすい水面《みなも》をかすめるそよ風のようにかすかなものだった。しかしそのかすかなほほえみだけで心が揺さぶられる。私は感じる。ほかのどこでもなくまさにこの国に根ざした独自の魂が、神秘的な形で現前しているのを。私は安らかな気持ちを味わいながら考える。「これこそが沈黙の王国を支配している平和だ……」

私は小麦の光が燦然と輝いているのを見たのだ。

少女の顔がもとの静けさに戻り、秘密を宿した内面はふたたび閉ざされた。おかみはため息をつくとあたりを見回し、そして黙りこむ。主人は先のことに思いをめぐらせ、自らの思索に閉じこもっている。三人の沈黙の下には、内的豊かさが横たわっている。村に代々伝わる遺産にも似た内的豊かさだ。そしてそれもまた危機に瀕している。

そういった目に見えない財産について自分には責任があるのだ、という思いが、奇妙なほど自明なものとして感じられる。私は農家を後にする。村の道をゆっくりと歩いていく。責任という荷を負いながら。だがこの荷は重いというよりむしろ快い。まるですやすやと眠る子供を胸に抱いている気分だ。

出撃前の私はこの村との語らいを心に決めていた。ところがいまの私には語るべきことはなにもない。私は枝にしっかりとついた果実のようなものだ。数時間前、不安が収まったとき頭によぎったあの果実。自分はこの国の人々に結びつけられている、ごく自然にそう感じている。私はこの人々の一部であり、この人々は私の一部だ。あの主人はパンを皆に配ったとき、なにかを与えたわけではなかった。分かち合い、交換したのだ。同じ小麦がわれわれのなかをめぐった。主人はそのために貧しくなりはしなかった。逆に豊かになっていた。よりよいパン、共同体のものとなったパンによって自らを養っていたのだから。今日の午後、この国の人々のために出撃したとき、私もまたなにかを与えたわけではなかった。わが隊の者は、この国の人々になにも与えてはいない。人々が戦争に払う犠牲の部分を担っているにすぎない。私は、オシュデがなぜ大げさなことをなにひとつ口にせず黙々と戦っているのか理解する。村のために槌をふるう鍛冶屋と同じなのだ。「あなたは誰だね?」と尋ねられる。すると鍛冶屋は「村の鍛冶屋です」とだけ答えて嬉しそうに働く。

この国の人々が絶望しきっているように見えるいまも、私は希望を失わずにいる。だからといって、人々から切り離されているわけではない。私は人々の希望の部分を担っている、ただそれだけのことだ。もちろんわれわれはすでに敗北している。なにもかもが未決の状態にある。なにもかもが崩壊しつつある。しかし私は勝利者の静穏を味わいつづけている。矛盾したことを言っているだろうか?　言葉などどうでもいい。私も同じなのだ。ペニコ、オシュデ、アリアス、ガヴォワルと同じなのだ。勝利の感情を抱いているが、それをきちんと伝えられるような言葉は持ち合わせていない。だが、自分に責任があることだけは自覚している。どんな人間であろうと、責任を感じながら絶望することなどできるわけがない。

敗北……。勝利……。私にはこういった常套句の使い方がよくわからない。人を昂揚させる勝利もあれば、人を駄目にしてしまう勝利もある。人を打ちひしぐ敗北もあれば、人を目覚めさせる敗北もある。生命というのは、そのときどきの状態によっては示すことができない。ただその歩みによってのみ示すことができるのだ。疑いえない唯一の勝利は、種子に宿る力が体現している勝利だ。広々とした黒土に蒔かれるだけで、種子はすでに勝利しているのだ。だがその勝利の歓喜に立ち会うためには、時が流れるのをじっと待たなければならない。

今朝は、ばらばらになった軍隊と、雑然とごった返す群衆しか存在していなかった。しかし雑然とした群衆も、ひとつの意識のなかで結ばれるならば、もはや雑然とはしていない。作業場に置かれた石材は雑然としているように見えるかもしれないが、その作業場のどこかにたった一人でも大聖堂のことを考えている人間がいれば、その雑然さはうわべだけのものにすぎなくなる。どれほど泥土が散らばっていても、そこに一粒の種子が埋もれているかぎり、私は不安を覚えない。種子は泥土を吸って、やがて芽を出すだろう。

観想の境地に至ると、人は誰でも種となる。歴然たる真実を見出すと、人は誰でも他人の袖を引いてそれを教えようとする。なにかを思いつくと、人は誰でもその考えをすぐ誰かに伝える。オシュデのような人間がどのようにして自分を表現したり、人に働きかけたりするのかは知らない。だがそれはどうでもいいことだ。オシュデのような人間は己の静かな信念を自分のまわりに広げていく、それだけのことだ。私には勝利というものの本質がおぼろげながらわかってくる。完成した後の大聖堂のなかで安穏と香部屋係[29]や貸椅子係の職にしがみつくだけの人はすでに敗北者だ。けれども、建立すべき大聖堂を心の内に宿している人は、すでに勝利者なのだ。勝利は愛が結実したものだ。どのような顔を作り上げていくか知っているのは愛だけだ。愛だけがその顔に向かって導いてくれる。知性に価値があるのは、それが愛に仕える場合にかぎられる。

彫刻家は、心に宿す作品の重みを全身にみなぎらせている。どのようにその作品を捏ねあげていくかわからなくても構わない。拇指の動きを繰り返し、試してはやり直すことを重ねながら、粘土を通じて己の創造へとまっすぐに歩みを進めるだろう。知性も分別も創造を担うことはない。もし彫刻家に知識と知性しかなければ、その手は創造の才を欠くことになる。

われわれはあまりにも長いあいだ、知性の役割について思い違いをしてきた。人間というものの実体をなおざりにしてきた。卑しい心の持ち主でも、うまくやれば高貴な大義を勝利に導くことができるなどと信じてきた。利己主義を巧みに利用すれば、犠牲の精神を昂揚させられるなどと信じてきた。心情がこもっていなくても、演説の勢いで、友愛なり愛情なりを築きあげることができるなどと信じてきた。われわれは《存在》をなおざりにしてきたのだ。西洋杉の種子は、好むと好まざるとにかかわらず、西洋杉にしかならない。茨の種子は茨にしかならない。人は自分の行動を正当化するためにさまざまなことを口にするが、私は今後一切そのような言葉で人を判断しないつもりだ。言葉がなにを保証しているかについても、行動がなにを目指している

29　カトリックの典礼で用いる祭具、祭服などを管理する人。

かについても、実に容易に思い違いをしてしまうからだ。家路を急ぐあの男にしても、夫婦喧嘩に向かって歩いているのか、愛情に向かって歩いているのかはわからないのだ。これからは「あの男はどのような人間か?」と考えることにしよう。それによってはじめて、その男がいまどの方向に重心をかけていて、これからどこへ行こうとしているのかがわかるはずだ。人はいつでも自分が重心をかけている方向へと行くのだから。

種子から出た幼芽は、太陽への思いにとりつかれて、地中の砂礫のあいだを縫って自分の道を必ず見出す。純粋な理論家も、もしなんらかの太陽によって引き寄せられなければ、絡まり合った問題のなかに埋没したまま抜け出せない。私は敵軍がわざわざ教えてくれた教訓を忘れないようにしよう。相手の後方基地を包囲するためには、機甲部隊はいかなる方向を取るべきか? このような問いには答えられない。相手の後方基地を包囲するためには、機甲部隊はどのようなものであるべきか? この問いには答えられる。機甲部隊とは堤防に押し寄せる海の重圧であるべきだ、と。

なにをするべきか? 答えは無数にある。これを。あれを。あるいは別のことを。未来はあらかじめ決められてなどいないのだ。いかにあるべきか? これこそが重要な問題なのだ。精神があってはじめて、知性は豊かに生み出す力を持つのだから。精神によって来るべき作品の萌芽が知性の内に宿される。知性はそれをゆっくりはぐくんでいき、月が満ちると産み落とす。最初の船を造るために、人はなにをするべきか？　それはあまりに複雑すぎる。船は結局、おびただしい試行錯誤を繰り返した果てに生み出されるだろう。だが、最初の船を造るために、その人は何者であるべきなのか？　ここで私は創造の根源に触れる。その人は商人であるか、あるいは軍人であるべきだ。そうであれば必然的に、はるか彼方の土地への愛に突き動かされ、技術者を動員し、労働者をかき集め、いつの日か自分の船を進水させることになるだろう。森ひとつをまるまる消滅させるためには、なにをするべきか？　いやはや、それはあまりに難しすぎる。では、そのために森はどうあるべきか？　火災であればいいのだ！

われわれは明日にも敗北の夜に沈むだろう。ふたたび朝が訪れるときに、この国がまだ存在していてほしいものだ。ではこの国を救うためになにをするべきか？　容易な解決策などありえない。互いに矛盾したことをやる必要があるのだ。精神的遺産を救わなければならない。それがなければ民族の精髄が失われてしまうからだ。けれども同時に、民族そのものを救わなければならない。それがなければ遺産が失われてしまうからだ。理論家連中は、相反するこのふたつを両立させるような言葉を見出せず、魂と肉体のいずれか一方を犠牲にしようとするはずだ。しかし連中に耳を貸すつもりはない。私が望むのは、ふたたび朝が訪れるときにこの国がまだ存在していることと——精神と肉体の両方を備えたまま存在していることなのだ。この国のために行動するには、どのような瞬間においても、すべての愛をかけてその方向へと重心を傾けていなければならないだろう。どれほど阻まれていても、海がその重みでのしかかっているかぎり、いつかは必ず海水が流れこむ突破口が開かれるものだ。

救いを疑うことなど私にはありえない。先ほどの目の見えない人と火の喩えがいまでは一層よくわかる。その人が火の方へと歩み寄るのは、己の内に火への欲求が生まれていたからだ。火はすでにその人を導いているのだ。火を求めるのは、己の内に火を見出したからにほかならない。彫刻家も同じで、粘土と一心に格闘しているときには、もうすでに作品を己の内にとらえている。われわれも同じだ。われわれは絆のあたたかさを感じ取っている。だからこそはやくも勝利者となっているのだ。

われわれには自分たちの共同体がすでに感じられている。そのもとにふたたび集結するためには、その共同体をはっきりと提示しなければならないのはもちろんだ。これは意識と言葉によって努力すべきことだ。けれども同時に、共同体の実質をなにひとつ損なわないためには、耳を塞いで、一時的な論理やら詭弁やら論争やらの罠に陥らないようにする必要がある。なによりもまず、自分が属しているものをなにひとつとして否認してはならない。

だからこそ私は、村の夜を浸す沈黙のなかで壁に寄りかかりながら、アラスへの出撃から帰還したいま――そしておそらくはその出撃から啓示を受けて――自分にいくつかの単純な規則を、絶対に破ることのない規則を課そうと考えはじめているのだ。

自分もその一員である以上、たとえ同胞たちがなにをしようとも、私は決して否認しないつもりだ。他人のいる前で咎《とが》を責めたりは決してしないつもりだ。擁護できるのなら擁護する。同胞に恥をかかされたなら、その屈辱を胸の内に封じ込め、口をつぐんでいよう。そのとき同胞についてなにを思うにしても、同胞の非を叫ぶ証人にはなるまい。夫たる者は、妻が浮気をしたなどとわざわざ隣近所に触れ歩いたりしないものだ。そんなことをしても自分の名誉が守られることはない。妻は家族の一員なのだ。妻を貶めたからといって、自分の威厳を高めることはできない。怒りをあらわにしていいのは、ひとたび家に戻り戸口を閉めた後のことだ。

したがって、敗北がどれほど屈辱的であろうが、敗北との連帯を破棄することはしないつもりだ。私はフランスの一員だ。フランスはこれまで幾多のルノワールのような人間を、パスカルのような人間を、パストゥールのような人間を、ギヨメのような人間を、オシュデのような人間をはぐくんできた。フランスはまた、幾多の無能な連中を、政治家どもを、ペテン師の奴らをはぐくんできた。しかし、一方だけを引き合いに出して、他方とのつながりを否定するのは、いくらなんでも安易すぎるというものだろう。

敗北は離反を生み出す。結ばれていたものをほどいてしまう。そこには死の危険がひそんでいる。私は敗北の責任を、自分とは考えを異にする同胞になすりつけて、この分裂に手を貸したりはしないつもりだ。裁判官のいないこの訴訟から得られるものなどなにもない。われわれすべてが戦いに敗れたのだ。私も敗れた。オシュデも敗れた。オシュデは敗北を自分以外の誰かになすりつけたりはしない。ただこう考えるだけだ。「このオシュデが、フランスの一員であるオシュデが弱かったのだ。オシュデの一部であるフランスが弱かったのだ。俺はフランスの内にあって弱かったし、フランスは俺の内にあって弱かった」と。オシュデにはよくわかっているのだ。もし同胞から切り離されれば、もはや自分一人の栄誉しか称えられなくなってしまう。そうなるとオシュデはもう、ある家庭の一員でも、ある一族の一員でも、ある隊の一員でも、ある祖国の一員でもない。荒涼とした無人の砂漠にいるオシュデにすぎない。

もし自分の家のせいで侮辱を受けることになっても、それを受け入れるならば、私には家に対して働きかけることが許される。家は私の一部であり、私は家の一部であるのだから。しかしその侮辱を拒むならば、家は私の与り知らぬところで勝手に崩壊していき、私一人だけが侮辱とは無縁のまま誇らしげに歩いていくだろう——ただし死人以上にむなしい者となって。

存在するためには、まず責任を引き受けることが重要なのだ。だがほんの数時間前まで、私の目にはそれが見えていなかった。苦い気持ちだった。しかしいまでは、さまざまなことを明晰に判断できる。自分をフランスの一員だと感じるようになってから、他のフランス人を責めるのをやめたように、いまの私はもう、フランスには世界を責める権利がある、とは考えていない。誰もが全体に対して責任を負っている。フランスは世界に対して責任があったのだ。フランスは世界をひとつに結びつけるような共通の尺度を提示することだってできたかもしれない。世界の穹窿《きゅうりゅう》を支える要石としての役を務めることだってできたかもしれない。もしフランスに本来の香気と威光が備わっていたら、全世界がフランスを通して抵抗に身を投じたはずだ。私はいま、世界に対してかつて自分が口にした非難を撤回する。フランスには、世界に魂が欠けるようなとき、その魂となる義務があったのだ。

フランスは自分の味方をもっと集めることもできたはずだ。二／三三飛行大隊はこれまで義勇軍としてノルウェーの戦争[30]に、そしてフィンランドの戦争[31]に参加してきた。わが国の兵士や下士官にとって、ノルウェーやフィンランドはなにを意味していたのだろう？　われわれの将兵が死地に赴くのを漠然と受け入れているのは、北欧の国が醸し出すクリスマスの風味のようなもののためではないか、私にはいつもそんな風に思われた。それを救うことが、自分たちの生命を犠牲にする充分な理由に感じられていたのだろう。もしもフランスが世界にとってクリスマスのような存在であったら、世界はフランスを救うことで自らも救ったことだろう。

世界における人間の精神的共同体は、われわれに味方してはくれなかった。しかし、そのような共同体を世界のなかに築きあげることによって、われわれは世界を、そしてわれわれ自身を救うことだってできたはずだ。だがその務めを怠ってしまったのだ。各々が全体に対して責任を負っている。責任を負っているのはその各々だけだ。その各々だけが全体に対する責任を負っているのだ。はじめて私は理解する。自分のものとして引き受けている文明の起源にある宗教の秘義のひとつを理解する。それは、「すべての人間の罪を担う……」というものだ。ひとりひとりの人間が、あらゆる人間の一切の罪を担っているのだ。

30　一九四〇年四月のドイツ軍によるノルウェー侵攻のあと、フランスとイギリスはノルウェー救援のため遠征部隊を派遣したが、一九四〇年五月にはドイツ軍によるフランス侵攻が開始されたために撤退を余儀なくされた。ノルウェーはドイツに占領されることとなった。

31　一九三九年一一月、ソ連はフィンランドへの侵攻を開始した。フィンランド軍は凄絶な戦闘を続けてソ連軍を阻止、またイギリス・フランスのソ連批判も高まり、国際連盟もソ連を除名する措置をとったので、一九四〇年三月に平和条約が締結され講和した。

25

誰がそこに弱者の主張を見るだろうか? 指揮官とはすべての責任を担う者だ。「自分は敗れた」と言い、「自分の兵隊が敗れた」とは言わない。真の人間はこのように語るものだ。オシュデなら言うだろう、「責任は俺にある」と。

私は謙虚さの意味を理解する。それは自分を貶めることではない。行動の原理そのものなのだ。もし自分の過ちをなかったことにしようと、それを宿命のせいにするならば、私は宿命に屈することになる。裏切りのせいにするならば、裏切りに屈することになる。けれども自分で責任を担う場合は、己に備わる人間の力を行使することになる。自分が属しているものに向かって働きかけることができる。私は人間の共同体を構成している一部分なのだ。

私のなかには何者かがいて、それと戦うことで私は自分を成長させている。アラスへのあの困難な旅を経たからこそ、いまの私は自分のなかにいるこの二者、打ち倒すべき個人と成長していく人間とを、まがりなりにも区別できるようになっているのだ。心に浮かぶこのイメージにどのような価値があるのかはわからないが、とにかくこう思う。個人とはただの道にすぎない。その道をたどっていく《人間》こそが重要なのだ、と。

私はもう、論争の真実では満足することができない。個人を非難してみたところでなにになるだろう。個人は道にすぎない。移りゆきにすぎない。私はもう、機銃の凍結を役人の怠慢のせいにすることも、加勢してくれる友好国がないのをその国々のエゴイズムのせいにすることもできない。たしかに敗北は、個々人の挫折という形であらわれてくる。しかし個々の人間を作りあげるのは文明なのだ。もし私が拠り所としている文明が個々人の無力さゆえにいま危機に瀕しているとしたら、どうしてその文明はこれまで個々人をもっとましに作りあげてこなかったのか、という疑問を抱く権利が私にはある。

文明も宗教と同じで、己の信者の無気力を責めるというのは、とりもなおさず己自身に非があると認めていることにほかならない。文明にはその信者を奮い立たせる義務があるのだから。異教徒を責める場合も同じだ。文明には異教徒を信者に変える義務があるのだから。ところが私の文明は、かつてはその力を遺憾なく発揮して使徒の心を燃えあがらせ、暴虐の徒を打ち破り、奴隷の民を解放したのに、今日ではもはや信者を奮い立たせることも、異教徒を改宗させることもできなくなってしまった。もし自分に敗北をもたらした諸原因の根を明るみに出そうと思うなら、もし再生の望みを捨てていないのなら、なによりもまず、自分が失ってしまったパン種を取り戻さなければならない。

それというのも、文明は小麦のようなものだからだ。小麦は人間を養うが、人間もまたその種子を保存することで小麦を救う。世代から世代へと保存される小麦は、代々受け継がれる遺産として大切にされるのだ。

どのような小麦がのぞましいかを理解しているだけでは、小麦は芽を出してはくれない。もしある種類の人間を——そしてその力を——救おうと思ったら、その人間を生み出すもととなる原理もまた救わなければならない。

自分の文明がどのような姿をしているか、私はいまでも見失ってはいないが、その文明をずっと支えていたもろもろの規律は見失ってしまった。今宵、私は気づく。これまで自分が口にしていた言葉は本質に触れてはいなかった。民主主義について語っていたときもそうだ。人間の性質や運命について、もはやそれを支える規律の総体を語るのではなく、ただ願望の総体を語っているにすぎないことに気づいていなかった。私は、人間が友愛で結ばれ、自由かつ幸福であることを望んでいた。当然のことだ。誰がそれに異論をとなえるだろう? しかし私は、人間が「いかに」あるべきかを説くだけで、「何者で」あるべきかを説くことはできずにいた。

これまで私は、語を明確に定義しないまま、人間の共同体について語ってきた。自分が言おうとしているものが、ある独自な建築によって築きあげられたものではないかのように語ってきた。自分がきわめて明白で当たり前のものについて話しているように思っていた。だが実際には、明白で当たり前のものなどない。ファシスト軍であっても、奴隷市場であっても、人間の共同体であることには変わりないのだ。

自分が語る人間の共同体に、私はもはや建設者として住んではいなかった。それが与えてくれる平和を、寛容さを、快適さを一方的に享受しているだけだった。自分がそこに住んでいるということをのぞいては、なにひとつそれについて知らないでいた。私は香部屋係か貸椅子係として住みついているにすぎなかった。つまりただの寄生者だったのだ。敗北者だったのだ。

大型船の乗客もまた同じようなものだ。船を利用するだけで、なにひとつ与えることはない。自分たちがこもっているサロンを絶対に安全な場所だと信じきって、ひたすらゲームに興じている。海の不断の重圧に耐える竜骨の苦しみを知らない。たとえ暴風雨で船が難破しても、不平を言うどんな権利がそのような人たちにあるだろうか？

たとえ幾多の個人が衰退してしまったとしても、たとえ自分が敗北を喫したとしても、この私が一体どのような不平を言えるというのだろう？

私の文明に属する人の性質として望むものには、ひとつの共通の尺度が存在する。築きあげられるべき独自の共同体には、穹窿《きゅうりゅう》を支えるひとつの要石が存在する。すべてを、根も、幹も、枝も、果実もなにもかもを生み出す大本となったひとつの原理が存在する。それはなにか？　それはかつて、人間という土壌の内にひそむ強力な種子だったものだ。それだけが私を勝利者にすることができる。それは一体なにか？

村でこの不思議な夜を過ごすなかで、私には多くのことがわかってきた気がする。

沈黙はどこまでも深い。どんなかすかな物音も、鐘の響きかなにかのように、あたりいっぱいに広がる。なにもかもがしみじみと心に染み入ってくる。家畜の鳴き声も、遠くに聞こえる人の呼び声も、戸口を閉ざす音も。すべてが私の内で起こっているかのようだ。この感覚はやがて消え去ってしまうだろう。そうなる前に、この感覚の意味するものをとらえておかなければ……。

私はつぶやく。「アラスの砲火のおかげだ……」あの砲火が殻を破ってくれたのだ。今日一日、私は自分のなかに住まいを準備していたらしい。いままでの私は、不平ばかりの管理人にすぎなかった。それこそ例の個人というやつだ。けれども《人間》が姿をあらわした。それがいとも自然に、私の代わりに住みついたのだ。《人間》は雑多な群衆をながめた。そしてその群衆のなかに国民というものを見た。自分の国民を。《人間》、それが国民と私との共通の尺度だ。だからなのだ、隊へと駆け戻りながら、大きな火のもとへ向かっているような気がしていたのは。《人間》が——戦友たちの共通の尺度である《人間》が、私の目を通してながめていたのだ。

なにかの予兆だろうか？　いまの私は予兆というものをほとんど信じかけてい

る……。今宵はなにもかもが暗黙のうちに了解される。あらゆる物音が、明快な、そして同時に謎めいたメッセージのように心に触れる。夜を満たす静かな足音が私の耳に聞こえてくる。

「おや！　こんばんは、大尉さん……」

「こんばんは！」

私はその男を知らない。だがこのやりとりは、二艘の舟の船頭がすれちがいざまに「おおい！」と声をかけ合うようなものだった。

私はまたしても奇跡のような血縁の感情を味わった。私のなかに今宵住みついた《人間》は、いつまでも終わることなく身内を数えあげる。《人間》こそ諸国民のあいだの、そして諸民族のあいだの共通の尺度なのだ……。

あの男は、日中に貯えたさまざまな悩みや思いや面影とともに、家路をたどっていた。自分だけの積荷を内にしっかりと抱えて、家路をたどっていた。私には、すぐそばに近づいて声をかけることもできたはずだ。ほの白い村道に二人でたたずんで、なにかしらの思い出を互いに語り合えたかもしれない。遠い島から戻ってきた商人たちも、たまたま出会うと、こんな風に互いの宝を交換し合うものだ。

私の属する文明では、自分と異なる者はこちらに危害を加えるのではなく、逆に豊かにしてくれる。われわれの統一は、われわれを超えて《人間》の名のもとに築かれているのだ。だから二／三三飛行大隊での夜ごとの議論にしても、互いの友愛を支えこそすれ、少しもそれを損なうことはない。隊では誰一人として、己の声のこだまだけを聞こうとも、鏡に映る己の顔だけを見ようとも思わないからだ。

同じように、《人間》の名のもとではフランスに属するフランス人と、ノルウェーに属するノルウェー人が相交わる。《人間》は両者を自らの統一性のなかで結びつけるとともに、なんの矛盾もなく両者が持つ固有の習俗それぞれを堅固にする。樹木もまた、枝という根とは似ても似つかぬものによって自らを表現しているではないか。したがって、ノルウェーでは雪にまつわる物語が書かれ、オランダではチューリップが栽培され、スペインでは即興でフラメンコが踊られるとしても、それによってわれわれのすべてが《人間》の名のもとで豊かになるのだ。おそらく隊の者たちがノルウェーのために戦うことを望んだのもそのためだ……。

いまや私は、長い巡礼の終わりにたどり着いたような気がする。なにかを新たに見出したわけではない。ただ、眠りから目覚めたときのように、いままで見えていなかったものが、自然とまた見えるようになったのだ。

私の文明が立脚しているのは、個人を通じての《人間》の崇敬だ。それは何世紀にもわたって《人間》を教示しようとしてきた。いわば、石材を通じて大聖堂の姿を見る術《すべ》を教えるように。私の文明は、個人を超越したこの《人間》を説きつづけてきたのだ……。

私の文明が説く《人間》は、個々の人間からは定義できない。個々の人間の方が《人間》によって定義されるのだ。《人間》には、《存在》におけるのと同様に、それを構成している素材からは説明できないなにかがある。大聖堂は石材の総和とはまったく別のものだ。それは幾何学であり建築学である。大聖堂を定義するのは石材ではない。逆に大聖堂の方が、個々の石材に意味を与えて豊かにするのだ。それらの石材は、大聖堂の石材であることによってはじめて価値あるものとなる。多種多様な石材が、大聖堂という統一体に仕えているのだ。大聖堂はこのうえなく醜悪な怪物をかたどった樋嘴《ひはし》にいたるまで、その讃歌のなかに吸収してしまう。

しかし私は、このような真理を少しずつ忘れてしまっていたのだ。いつの間にか、

《石材》が個々の石材の総体を示しているように、《人間》は個々の人間の総体を示していると信じこむようになってしまった。大聖堂と石材の総和とを混同してしまい、その結果、代々伝わってきた遺産が徐々に見えなくなってしまっていたのだ。いま必要なのは《人間》を再興することだ。《人間》こそが私の文化の本質なのだ。私の《共同体》の鍵なのだ。私の勝利を生み出す原理なのだ。

26

各成員を固定した規律に服従させることで社会の秩序を築くのはたやすい。ある君主なり聖典《コーラン》なりに盲従するだけでなにひとつ異を唱えない人間を作りあげるのもたやすい。しかし、人間を解放するにあたって、人間を自らの主人とすることによってそれを成し遂げるならば、その成功ははるかに価値あるものだ。

そもそも解放するとはどういうことなのか？　なんの感覚も持たない男を砂漠のただなかで解放したところで、その自由にどのような意味があるだろう？　自由が存在するのは、どこかへと向かう「何者か」にとってのみだ。その男を解放するというのは、喉が渇いていることを認識させたうえで、井戸へつづく道を教えてやることだろう。そのときはじめて、無意味ではない歩みがその男に示されるはずだ。石材を解放したところで、重力がなければなにも意味がない。その石材は自由になったところで、その場にとどまったままどこへ向かうこともないからだ。

私の属する文明は人間同士の関係を、個人を超越した《人間》への崇敬の上に築こうとしてきた。そうすることによって、自己なり他者なりに対する各人の行動を、白蟻の巣に見られるような習慣への無条件の順応などではなく、愛の自由な発露となるようにしたのだ。

重力という目に見えない道によって、石材は解放される。愛という目に見えない坂によって、人間は解放される。私の属する文明はそれぞれの人間を、同じ君主の《大使》にしようとしてきた。個人というものを、個人よりも偉大ななにかの道、あるいはメッセージとみなし、それが自由に上昇できるようにと、磁石の針を引き寄せるさまざまな方向を提示してきた。

私はその磁場がなにに由来するのかよく知っている。私の属する文明は何世紀ものあいだ、人間を通して神を見つめてきた。人間は神の似姿として創造されていたからだ。神は人間の内で尊ばれていた。人間同士は神のもとで兄弟だった。誰もが神の反映であるがゆえに、ひとりひとりの人間には侵すことのできない尊厳が授けられていた。神に対する人間の関係が、自己なり他者なりに対する各人の義務を明白に根拠づけていた。

私の属する文明は、キリスト教的価値を継承している。私はここで、文明というこの大聖堂がどのような造りになっているのか立ち止まって考えてみたいと思う。そうすることによって、その建築をよりよく理解できるようになるだろう。

かつては、神の観想によって人間の平等が根拠づけられていた。人間は神の名のもとで平等だからだ。そしてこの平等には明白な意味があった。人はなにかの名のもとにおいてしか平等たりえない。兵卒と大尉は国家の名のもとに平等である。平等というものは、それを成り立たせる場がなければ、もはや意味のない言葉にすぎない。

私ははっきりと理解する。なぜこの平等――個人間における神の権利の平等――が、ある個人がほかの者よりさらに上昇することを妨げていなかったのかを。それは、神がその個人を道として選び取る可能性があったからだ。しかしこの平等は同時に、個人に「対する」神の権利の平等でもあった。それゆえ私は理解する。なぜ各個人は、それがどのような者であっても、同じ義務に服し、同じ法を尊重しなければならなかったのかを。各個人は神の現れであるがゆえに、その権利において平等だった。各個人は神に奉仕するがゆえに、その義務において平等だった。

私は理解する。神の名のもとで確立された平等が、なぜ矛盾も混乱ももたらさなかったのかを。しかし、共通の尺度が失われて、平等の原理が同一性の原理に堕してしまうと、その秩序は乱されてしまう。すると兵卒は大尉に敬礼するのを拒むようになる。大尉に敬礼することは兵卒にとって、もはや《国家》に敬意を表することではなく、ある一個人に敬意を表することにしかならないからだ。

私の属する文明は、神より受け継がれ、《人間》の名のもとに個々の人間を平等としてきた。

私は理解する。人間相互の尊敬がなにに由来しているのかを。かつては学者であっても一介の船倉係に敬意を払わなければならなかった。船倉係もまた神の《大使》であり、学者は船倉係を通じて神に敬意を払っていたからだ。一方がどれほど優れていて、他方がどれほど劣っていても、誰一人として他方を奴隷に貶めることはできなかった。神の《大使》を辱めることなどできるはずもない。けれども、どんな人間にも敬意を払うからといって、個人の愚劣さや無知蒙昧に対して自己を卑下し屈従することもなかった。なによりもまず神の《大使》としての資格こそが敬意の対象だったからだ。こうして神への愛によって人間相互に気品ある関係が基礎づけられ、物事は個人の資格を超えた神の《大使》同士のあいだで決められていたのだ。

私の属する文明は、神より受け継がれ、個々人を通じて人間に対する尊敬を基礎づけてきた。

私は理解する。人間相互の友愛がなにに由来しているのかを。かつて人間同士は神のもとで兄弟だった。人はなにかの名のもとにおいてしか兄弟たりえない。ひとつに結び合わせるものがなければ、人間たちは互いに無関係にただ並べ置かれているだけだ。人はそのままでは兄弟たりえない。戦友と私とは二／三三飛行大隊の「名のもとに」兄弟なのだ。フランス人はフランスの「名のもとに」兄弟なのだ。

私の属する文明は、神より受け継がれ、《人間》の名のもとに人間同士を兄弟としてきた。

私は理解する。これまで説かれてきた隣人愛の義務というのがなにを意味するのかを。かつて隣人愛は、個人を通じて神に奉仕することだった。個人がいかに取るに足らないものであっても、隣人愛は神へと向けられるべきものであった。隣人愛は、施しを受ける者を卑屈にさせることもなければ、感謝の鎖で縛りつけることもなかった。施しはその個人に向けられたものではなく、神に向けられたものだったからだ。また逆に、隣人愛の行使が、個人の愚劣さや無知蒙昧への賛美になることも決してなかった。医者は最下層のペスト患者に対しても、身命を賭して治療にあたる義務があった。神に奉仕していたからだ。たとえ盗賊の枕元で寝ずの治療にあたっても、信望が下がることはなかった。

私の属する文明は、神より継承されたもので、このように隣人愛を、個人を通じた《人間》への施与としてきた。

私は理解する。個人に要求された《謙虚さ》というものがなにを意味するのかを。

かつて謙虚さは個人を貶めるものではなかった。逆に高めるものであった。神の《大使》という役割を自覚させるものだった。他者を通じて神に敬意を払っていたのと同様に、個人は謙虚さによって自らの内の神に敬意を払い、己を神の使者、あるいは神へと至る道とみなしていた。謙虚さによって、個人は自分というものを忘れ、さらに偉大なるものになることを強いられてきた。個人が自分の重要さに目がくらむと、道はたちまち障壁へと変わってしまうからだ。

私の属する文明は、神より継承されたもので、自己への敬意を、すなわち自分自身を通じた《人間》への敬意を説いてきた。

そして私は理解する。なぜ神への愛が人間たちを互いに責任を持つものとして確立し、《希望》を美徳のひとつとして課したのかを。かつては《希望》によって、各々の人間が同じ神の《大使》となり、万人の救済は各人の手にゆだねられていた。絶望する権利を持つ者は一人もいなかった。誰もが己よりも偉大な存在の使者だったからだ。絶望とは己の内にある神を否認することだった。《希望》の義務は次のような言葉であらわすこともできただろう。「なぜ絶望などしているのか？　おまえは自分をそれほど重要だと思いこんでいるのか？　なんという自惚れだ！」

私の属する文明は、神から継承されたもので、個々の人間を万人に対して責任を持つものとし、万人を個々の人間に責任を持つものとしてきた。一個人は集団を救うために己の身を犠牲にすべきであるが、それは馬鹿げた計算に基づくものではない。個人を通じた《人間》への敬意に基づくものなのだ。私の属する文明の偉大さは、生き埋めになった一人の炭鉱員を救い出すために、一〇〇人の炭鉱員が当たり前のように生命を危険にさらすところにある。炭鉱員たちが救い出すのは一個人ではなく《人間》なのだ。

このような光のもとで、私ははっきりと理解する。自由がなにを意味するのかを。それは、樹木が種子の力がおよぶ範囲内で生長していくときの自由だ。《人間》の上昇を可能にする風土だ。順風に似たものだ。その風の恵みがあってはじめて、帆船は海原のなかで自由なのだ。

このように築きあげられれば、人間は樹木のような力を手にするはずだ。その根はどれほど広く張りめぐらされることか！　人間のもととなる養分がどれほど吸い上げられ、太陽の光のなかで大きく開花することか！

27

それなのに私はすべてを台なしにしてしまった。代々受け継がれてきた遺産を使い果たしてしまった。《人間》の観念が朽ち果てるに任せ、なにもしてこなかった。

個人を通じて見出される神という《君主》への崇敬を救うために、そしてその崇敬をもとに打ち立てられた人間相互の高貴な関係を救うために、私の属する文明はこれまで厖大《ぼうだい》な力と才能を注ぎこんできたというのに。いわゆる《人間主義《ヒューマニズム》》の努力はすべて、ただこの目的のみを目指していた。《人間主義《ヒューマニズム》》の唯一の使命は、個人に対する《人間》の優越を明らかにし、そしてそれを永遠のものにすることだった。《人間主義《ヒューマニズム》》はひたすら《人間》を説いてきたのだ。

しかし《人間》について語ろうとすると、とたんに言葉は不十分なものになる。《人間》は個々の人間とは異なる。石材についてしか語らないのであれば、大聖堂についてなにひとつ本質的なことを語ることにはならない。《人間》を個々の人間の質によってのみ定義しようとするのであれば、《人間》についてなにひとつ本質的なことを語ることにはならない。だから《人間主義》《ヒューマニズム》がいくら努力しても、その向かう先ははじめから行き止まりでしかなかったのだ。《人間主義》《ヒューマニズム》は論理的・倫理的論証によって《人間》の観念を把握し、そうすることで人々の意識にその観念を伝えようとしていたのだった。

だが、言葉による説明をいくら積み重ねたところで、決して直観的把握に代わることはない。統一的《存在》というのは、言葉によっては伝えられない。もし祖国なり地所なりに対する愛を誰かに教えようと思っても、その者の属している文明がそのような愛を知らなければ、私がどんなに説得したところで、相手の心を動かすことはできないはずだ。地所を作っているのは畑であり、牧草地であり、家畜である。そのひとつひとつが、そしてその総体が、所有者を富ませる役割を担っている。けれども地所には、個々のものを分析するだけではとらえ難いなにかがある。所有者のなかには地所を愛するあまり、自分が破産してもなお、地所を救おうとする者までいるのだから。いやむしろ、その「なにか」のためにこそ、個々のものが特別な意味を帯びたものとなっているのだ。その地所に属する家畜、その地所に属する牧草地、その地所に属する畑というように……。

同じように人間もまた、ある祖国に属する人間、ある職業に属する人間、ある文明に属する人間、ある宗教に属する人間となる。だがそのような《存在》を自らのものとするためには、まずはじめにそれを己の内に築きあげる必要がある。しかし、たとえば祖国という感情がないところには、どのような言葉を用いてもそれを伝えることはできない。自らの《存在》を築きあげるのは言葉ではなく、ただ行動だけなのだ。《存在》というのは言葉の支配下にあるのではなく、行動の支配下にある。それなのに《人間主義《ヒューマニズム》》は行動をおろそかにしてきた。だからこそ試みは挫折してしまったのだ。

ここにおいてはじめて、行動のうちで最も重要なものに名が与えられるに至った。それは「犠牲」というものだ。

犠牲とは、手足の一部を切断することでもなければ、罪を贖《あがな》うために苦行をすることでもない。それは本質的にひとつの行動なのだ。自らのものとしたい《存在》に対して自分自身を捧げることだ。地所がなんであるのか理解できるのは、自分の一部を犠牲にして、それを守るために奮闘したり、美しくするために苦労した者だけだ。そうしてはじめて地所への愛が生まれるのだ。地所とはそこからあがる利益の総和などではない。それは間違いだ。地所とはそれに対して捧げたものの総和なのだ。

私の属する文明は、かつてのように神に依拠していたあいだは、人間の心のなかに神を打ち立てるような犠牲の観念を保っていた。けれども《人間主義《ヒューマニズム》》が犠牲の本質的な役割をないがしろにしてしまった。《人間》を行動ではなく言葉によって伝えようとしたのだ。

そうなると、個々の人間を通じた《人間》のヴィジョンを保持するために《人間《ヒューマ》主義《ニズム》》が持ち合わせているものは、ただ、人間、という言葉を括弧で強調したものだけになってしまった。われわれは危険な坂を滑り落ちて、いずれ《人間》を平均的人間、あるいは人間全体の象徴と取り違えるおそれがあった。大聖堂を石材の総和と取り違えるおそれがあった。

このようにしてわれわれは祖先から代々伝わる遺産を少しずつ失っていったのだ。

個々の人間を通じて《人間》の権利を主張する代わりに、いつの間にかわれわれは《集団》の権利について語るようになっていた。《人間》を顧みることのない《集団》

のモラルが、知らぬ間に忍びこんでいるのを目の当たりにした。《集団》のモラルは、どうして個人が《共同体》のために自らを犠牲にしなければならないかについては明瞭に説くだろう。しかし、どうして《共同体》がただ一人の人間のために自らを犠牲にしなければならないのかについては、もはや明確なことはなにも言わず、のらりくらりとはぐらかすだけだろう。罪もないのに投獄されたたった一人を解放するために一〇〇〇人が死ぬことがどうして正当なのか？　われわれはその理由をまだ覚えてはいるが、それも徐々に忘れつつある。だが、われわれを白蟻の群れからはっきりと区別するこの原則のなかにこそ、われわれの偉大さがあるのだ。

けれどもわれわれは——有効な方策を持っていなかったために——《人間》に立脚する《人類》から滑り落ちて、個人の総和に立脚する白蟻の群れに堕してしまったのだ。

一体われわれは《国家》あるいは《大衆》という宗教になにを対抗させてきただろうか？　神から生まれた《人間》というあの偉大なイメージはどうなっていただろうか？　たとえまだそのイメージを認めることができていたとしても、それは実体のない言葉の向こうにかろうじて見分けられるだけだった。

《人間》を忘れることによって、われわれはモラルというものを、個人をめぐる諸問題に少しずつ限定してしまった。各人に向かって、他の個人に害を与えるなと要求してきた。それぞれの石材に向かって、他の石材に害を与えるなと要求してきた。もちろん、作業場にばらばらに放置された石材は互いに害を与えたりはしない。しかし、それらの石材は大聖堂に害を与えているのだ。自分たちが築くはずだった大聖堂、そしてその代わりに自分たちに各々固有の意味を授けてくれるはずだった大聖堂に。

われわれは相変わらず人間同士の平等を説きつづけていた。けれどもすでに《人間》を忘れてしまっていたために、自分がなにについて話しているのかまったくわかっていなかった。どのような名のもとに《平等》を打ち立てるのかわからないまま、ただ漠然とそれを主張するだけで、もはや自らのものとして用いることはできなかった。個人の観点から見た場合に、賢者と愚者のあいだで、天才と鈍才のあいだで、どのようにすれば《平等》というものを定義づけることができるだろう？　建築材料の観点から見た場合、もし平等というものを定義し、実現しようとするならば、すべての石材が同一の位置を占め、同一の役割を果たさなければならなくなる。これほど馬鹿げたことはない。こうして《平等》の原理は、《同一性》の原理に堕落してしまう。

われわれは相変わらず人間の《自由》を説きつづけていた。けれどもすでに《人間》を忘れてしまっていたために、《自由》というものを、他人に害をおよぼさない限り好き勝手にできる奔放さとしてしか定義できなかった。これではその意味が失われてしまう。なぜなら、他人を巻きこむことのないような行動など存在しないからだ。もし兵士である私が、戦闘を忌避して故意に自分の身体を傷つければ、誰かが私を罰して銃殺することになる。純粋な個人など存在しないのだ。共同体から自分を切り離す者は、その共同体に害を与える。悲しんでいる人間は、他人たちを悲しませる。

本来の意味での自由を要求する権利を、もはやわれわれは乗り越えがたい矛盾なしには行使することができなくなっていた。その権利がいかなる場合に有効で、いかなる場合にそうでないのか定義することができなくなっていたために、共同体が否応なくわれわれの自由に課してくる無数の束縛については見ないふりをして、自分でもよくわかっていない原理を守りつづけようとしていた。

《隣人愛》にいたっては、われわれはもはやそれを説くことさえしなくなっていた。《存在》を根拠づける犠牲はかつて、それが神の似姿である人間を通じて神そのものを崇める場合には《隣人愛》の名で呼ばれていた。個人を通じて神に、あるいは《人間》に施与していたのだ。しかし、神も《人間》も忘れてしまったわれわれは、もはや個人にしか施与しなくなっていた。それからというもの、《隣人愛》はしばしば受け入れがたい振る舞いをするようになった。富の公平な分配を保証する義務を負うのは、それぞれの人の心情ではなく《社会》である、というように。個人の尊厳は、他人からなにか施しを受けたとしても、自分が相手に従属することを拒絶する。持てる者が己の富の所有にとどまらず、その上さらに持たざる者の感謝まで要求したりすれば、それは到底納得できるものではないはずだ。

しかしなによりもまず、このように間違ってとらえられた隣人愛は、本来の目的とは反するものになってしまった。隣人愛がただ単に個人に向けられた憐れみの感情だけに基づくものになることによって、たとえそれにどれほど教育的効果があろうとも、相手に罰を与えることは一切禁じられた。けれども真の《隣人愛》は個人を超えた《人間》への崇敬の実践であって、個人において《人間》を高めるためならば、個人を打ち倒すことさえ命じるものだったのだ。

このようにしてわれわれは《人間》を失ってしまった。そして《人間》を失うことにより、これまで文明が説いてきた友愛それ自体も熱気がなくなってしまった。――人はなにかの名のもとにおいて兄弟なのであり、はじめから無条件に兄弟ではないのだから。分配によっては友愛は保証されない。友愛は犠牲のなかにおいてのみ結ばれる。自分よりも広大なものへと共に身を捧げることによってのみ結ばれる。それなのに、あらゆる真の存在を支えるこの根を自己を弱体化させる不毛なものとみなしたために、われわれは友愛を、人間相互の寛容にすぎないものにまで矮小化してしまったのだ。

われわれは与えることをやめてしまった。ところが、もし自分自身に対してしか与えまいとするならば、私はなにひとつ受け取ることはない。なぜなら、自分が属するものをなにひとつ築かない以上、私は何者でもなくなるからだ。もし誰かがやってきて、なんらかの利益のために死ぬよう要求したところで、私は断固拒否するだろう。自分にとっての利益は、まずは生きることだからだ。では、どのような愛に突き動かされれば、自ら死へと身を投じるだろうか？　人は家のためになら死ぬ。しかし家財や壁のためには死なない。大聖堂のためになら死ぬ。しかし石材のためには死なない。

国民のためには死ぬ。しかし群衆のためには死なない。ひとは《人間》への愛のためには死ぬ、もしその愛が《共同体》の穹窿《きゅうりゅう》を支える要石であるのなら。人が死ぬことができるのは唯一、それなしでは自分が生きられないもののためだけだ。

われわれの語彙は昔からほとんど変わっていないように思われていた。けれども言葉からは真の意味が抜け落ちてしまっていたので、それを用いようとしても、出口のない矛盾に落ちこんでいくばかりだった。だからわれわれは、そういった背反に目を閉ざすしかなかった。建設することもできず、石材をばらばらに放置するしかなかった。ただ《集団》について慎重に語るしかなかったが、実際にはなにひとつ語ってはいなかったために、自分がなにを語っているのか明らかにすることは避けていた。《集団》とは、なにかの名のもとにそれがひとつに結ばれていないかぎり、意味のない言葉なのだ。総和は《存在》ではない。

それでもまだわれわれの《社会》は望ましいものに見えていた。《人間》はまだいくらかの威信を持ちつづけていた。それは、真の文明が――われわれが己の無知によって裏切っていた真の文明が――その瀕死の光輝をいまだにわれわれの上に広げて、知らないうちに守ってくれていたからにほかならない。

われわれ自身ももはや理解しなくなっていたことを、どうして敵対者たちが理解できただろう？　連中はわれわれのなかに、ばらばらになった石材しか見なかった。そして、《人間》を忘れてしまったわれわれにはもはや定義することができなくなっていた《集団》に、ひとつの意味を与えようとしたのだった。

ある者たちは、深く考えることなく、論理を一挙に極端なところまで推し進めた。この集団を絶対的な集団としたのだ。どの石材も他の石材と同一でなければならない。しかもそれぞれの石材はただ自らによってのみ支配される、と。この無政府状態《アナーキー》は《人間》への尊厳を記憶にとどめてはいるが、それを個人へと厳格に適用してしまう。その厳格さから生じる矛盾は、われわれの矛盾よりもたちが悪い。

ある者たちは、作業場でばらばらに散乱する石材を寄せ集めた。そして《大衆》の権利なるものを説いた。そのお題目は満足のいくものとは到底言えない。一人の人間が《大衆》に対して暴虐の限りを尽くすことはもちろん許しがたいが、——《大衆》が人間を一人でも押しつぶすことも同じように許しがたいからだ。

またある者たちは、力を持たないそれらの石材を勝手に自分のものとし、その石材の総和から《国家》を作り出した。しかしそのような《国家》も個々の人間を超越することはない。それもまた総和が形を変えただけのものだ。《集団》の力がある一人の個人の手にゆだねられているにすぎない。石材のうちのひとつが、自分は他の石材とまったく同じだと称しながら、石材全体を支配しているのだ。この《国家》は、《集団》のモラルをはっきりと説く。われわれはまだいまのところはそのようなモラルを拒否しているが、その拒否を唯一正当化してくれるはずの《人間》を思い出せなくなってしまっている以上、ゆっくりそちらへと向かっているのは間違いない。

この新しい宗教の信奉者たちは、生き埋めになった一人の炭鉱員を救出するために、多くの炭鉱員が生命を危険にさらすことには反対するだろう。そのようなことをしたのでは、石材の山全体が害を受けるからだ。連中は、一人の負傷兵が足手まといになって軍隊の前進が遅れるようなことがあれば、その兵の息の根を止めるだろう。《共同体》の利益は数学で算出される。――数学が連中を支配しているのだ。そこにとどまっているかぎり、連中は己を超越してより大きなものになることはできない。したがって、自分とは異なるものを憎悪するようになるだろう。自己を超えたところに、自己を融合させるものをなにひとつ持つことがないからだ。己のものとは異質なあらゆる習慣が、あらゆる民族が、あらゆる思想が、連中には必然的に侮辱として感じられるに違いない。連中は誰かを自分の側に引き入れる力を持たないだろう。なぜなら、各人に宿る《人間》を変えるためには、それを無理矢理変えて不具にするのではなく、その《人間》がどのようなものなのかを自らに示してやったうえで、その渇望が向かう先を指し示し、その力が発揮される場を提供するべきだからだ。変えるというのは、いつでも解放するということなのだ。大聖堂は幾多の石材を自らのものとして吸収できるし、石材は大聖堂に吸収されることによってある意味を与えられる。しかしただの石材の山は、なにかを吸収して自らのものとすることはない。そればかりか、なにも吸収できないまま、ひたすら押しつぶすだけ。これが現状だ――けれども誰に非があるのか?

石材の山全体がその重みでのしかかってきて、ばらばらに散乱しているだけの石材を圧倒したわけだが、私はもはやそれを意外だとは思わない。

しかし、強いのは私の方だ。

もし自分をふたたび見出すなら、強いのは私の方だ。もしわれわれの《人間主義《ヒューマニズム》》が《人間》を再興するなら。もしわれわれが《共同体》を築きあげるなら。そしてもしそれを築きあげるために、犠牲、という唯一有効な手段を用いるのなら。かつてはわれわれの《共同体》もまた、「文明」によって築かれたときと変わらず、利益の総和などではなかった。——それは施与の総和だった。

強いのは私の方だ。樹木は土壌を構成しているものよりも強いのだから。樹木は土壌から養分を吸い上げ、自分のものとし、樹木へと変える。大聖堂は石材の山全体よりも輝かしい。強いのは私の方だ。私の属する文明だけが、それぞれに独自の多様性をいずれも損なうことなく、自らの統一性のなかで結び合わせる力を備えているのだから。私の文明は、己の力の源泉から活力を得ていると同時に、その源泉を絶えず活気づけているのだ。

今日の出撃の際、私は与える前にまず受け取ろうとしていた。だがその望みはむなしかった。今度の場合も、少年時代のあのいやな文法の授業と同じだった。受け取る前にまず与えなければならない。——住む前にまず建設しなければならない。

母親が乳を与えることによってわが子をはぐくむように、私は血を与えることによって同胞への愛をはぐくんだ。ここに神秘がある。愛を築きあげるためには、犠牲からはじめなければならない。そうしてはじめて、愛は他の犠牲をうながして、それをあらゆる勝利のために用いることができるのだ。人間はいつでも最初の歩みを踏み出さなければならない。存在する前にまず生まれなければならない。

私は出撃から戻ってきた。農家の少女との血縁を結んで、出撃から戻ってきた。少女のほほえみは私にとって透明なものとなり、そのほほえみを通して私は自分の村を見た。自分の村を通して、自分の国を見た。自分の国を通して、他の国々を見た。なぜなら私は、穹窿を支える要石として《人間》を選んだ文明の一員だからだ。ノルウェーのために戦うことを望んだ二／三三飛行大隊の一員だからだ。

明日になれば、アリアス隊長は私を新たな出撃要員に選ぶかもしれない。今日、私は身支度をしながらも、自分の仕えている神が見えていなかった。けれども、アラスの砲火が私の殻を打ち破り、この目を開いてくれた。隊の戦友たちも皆、同じようにして目を開いたのだ。明朝夜明けに飛び立つことになったら、そのときの私にはわかっているだろう、自分がいまだに戦っているのはなんのためなのかを。

私は自分の見たものを覚えておきたい。覚えておくためには単純明快な《信条《クレド》》が必要だ。

私は戦う。個人に対する《人間》の優越のために——そして個別的なものに対する普遍的なものの優越のために。

私は信じる。《普遍的なもの》への崇敬が、個別的なものが持つさまざまな豊かさを深め、結び合わせ——そして唯一の真正な秩序、すなわち生命の秩序を築きあげるということを。たとえ枝と根は異なっていても、一本の樹木は秩序の内にある。

私は信じる。個別的なものへの崇敬は死しかもたらさないことを。——それが築くのは類似に基づいた秩序でしかないからだ。《存在》の統一性を、部分の同一性と混同しているのだ。大聖堂をばらばらに壊して、石材を一列に並べてしまう。したがって私が戦うのは、それが誰であれ、他の習慣に対してある個別の習慣だけを押しつける者、他の国民に対してある個別の国民だけを押しつける者、他の民族に対してある個別の民族だけを押しつける者、他の思想に対してある個別の思想だけを押しつける者だ。

私は信じる。《人間》の優越こそが唯一意味ある《平等》を、唯一意味ある《自由》を築きあげるものだと。私は《人間》の権利が各個人を通して平等であると信じる。《自由》とは《人間》の上昇にほかならないと信じる。《平等》とは《同一性》ではない。《自由》とは個人を《人間》よりも賞揚することではない。したがって私が戦うのは、それが誰であれ、《人間》の自由をある個人に――あるいは個人からなる群れに――隷従させようとする者だ。

私は信じる。私の属する文明が《隣人愛》と呼んでいるのは、《人間》の支配を打ち立てるための犠牲のことだと。隣人愛とは、凡庸な個人を通じて《人間》に施与することにほかならない。隣人愛は《人間》を築きあげるのだ。したがって私が戦うのは、それが誰であれ、隣人愛は凡庸さを助長すると主張して《人間》を否定する者、それによって個人を凡庸さのなかに永遠に閉じこめておこうとする者だ。

私は戦う。《人間》のために。《人間》の敵に抗して。だが同時に、自分自身にも抗して。

28

私は仲間のもとに戻った。隊では夜中の一二時頃に全員が集まって命令を受けることになっていた。二／三三飛行大隊は眠気に包まれている。さっきまで盛んに燃えていた炎も、いまでは熾《おき》に変わってしまった。隊はまだ持ちこたえているようだが、それも見せかけにすぎない。オシュテデは例のクロノメーターを悲しげにながめている。ペニコは隅の方で、壁に頭をあずけて目を閉じている。ガヴォワルは机に腰掛け、ぼんやりとした目つきで脚をぶらぶらさせている。口をとがらせ、泣き出しそうな子供のようだ。アザンブルは本を開いたままうつらうつらしている。元気なのは隊長だけだが、その顔色はおそろしく蒼白い。ランプのそばで書類片手にジュレーと小声で議論している。「議論している」とは言っても、厳密には議論ではない。隊長が一方的に話しているだけだ。ジュレーはうなずきながら「はい、わかりました」と繰り返すばかり。ひたすらその「はい、わかりました」に固執したまま、ジュレーは隊長の言葉にますますぴったりと寄り添っていく。まるで溺れた男が、泳いでいる人の首にしっかりしがみついているみたいだ。私がアリアス隊長なら、口調も変えずに「ジュレー大尉……、きみは明朝銃殺だ……」と言ってやるのに。そうしたらどう答えるだろう。

隊は三日前から眠っていない。かろうじて立ってはいるが、トランプの城のようにふらふらだ。

隊長が立ち上がる。ラコルデールのもとに近づいて、夢から引き戻す。ラコルデールのやつ、チェスで私を負かした夢でも見ていたのかもしれない。

「ラコルデール……、夜明けに出撃してもらう。超低空偵察だ」

「了解しました、隊長」

「眠っておいた方がいい……」

「はい、隊長」

ラコルデールはふたたび腰をおろす。隊長は部屋を出ていく。その後ろにはジュレー。死んだ魚を釣り糸の先に引きずっているようだ。そう、ジュレーはたしか三日どころではなく、もう一週間も横になっていない。アリアス隊長と同じで、操縦士として偵察任務につくだけでなく、隊の責任を双肩に担ってきたのだ。人間の耐久力には限界がある。ジュレーの耐久力はとっくに限界を超えている。ところが、泳ぐ者と溺れる者に似たこのふたりは、実体のない命令を求めてまた出かけていくのだ。

ヴザンが疑わしげな顔でこちらにやってきた。やつもまた、夢遊病者よろしく立ったまま眠っている。

「眠ってるのかい？」

「ああ……」

私は肘掛け椅子の背に頭をあずけていた。空いている肘掛け椅子を運よく見つけたのだ。私もまた眠りに落ちようとしていた。だがヴザンの声がうるさい。

「まずいことになりそうだぞ！」

まずいことになりそう……問答無用で通行禁止……まずいこと……。

「眠ってるのかい？」

「ああ……いや……まずいことになりそうって、なにが？」

「戦争だよ」

おや、初耳だ。私はふたたび眠りに沈みこみながらぼんやりと答える。

「……どの戦争?」

「おいおい、『どの戦争?』はないだろ」

この会話はつづきそうにない。ああ、わが国の飛行隊にチロル生まれのやさしい子守が配属されることになっていれば。そうしたらこの二／三三飛行大隊だって、とっくに全員がベッドにもぐりこんでいるはずなのに。

と、隊長が突風のように扉を開ける。

「決まった。移動だ」

後ろに立つジュレーはすっかり目を覚ましている。例の「はい、わかりました」は明日までおあずけだ。ジュレーは移動という厄介な苦役のために、今夜もまた、自分でもどこにあるかわからない体力の貯蔵庫から、前借りしてくるだろう。

われわれは立ち上がる。そして言う。「はあ……そうですか……」他になにが言えるだろう?

われわれはなにも言わないだろう。きちんと移動をやり遂げるだけ。ラコルデールだけは、任務を果たすために、夜明けを待って飛び立つだろう。もし無事に帰還するなら、新しい基地に直接帰投するはずだ。

明日も、われわれはなにも言わないだろう。明日も、傍観者たちにとっては、われわれは敗者だろう。敗者は沈黙すべきだ。種子のように。

解説

鈴木雅生

飛行士と作家。この二つの職業は大きくかけ離れているように思える。作家というのは実際の経験からやや距離をおき、それを言葉という形で表現する。一方、飛行士は生死を賭けた危険に身をさらし、現実の出来事に即座に対応する。前者は思索の人であり、後者は行動の人だ。どう見ても相容れない。しかしサン＝テグジュペリにとって、この二つは不可分のものであった。「私にとって、空を飛ぶことと書くこととは、まったくひとつなのです。重要なのは行動すること、そして自分自身の位置を自らのうちで明らかにすることです。飛行士と作家は、私の意識のなかで同じ比重をもって渾然一体となっています」とあるインタビュー[1]で語っているように、サン＝テグジュペリが生前に文学作品として発表した五篇（『南方郵便機』『夜間飛行』『人間の大地』『戦う操縦士』『ちいさな王子』）は、いずれも飛行士としての経験と密接に結びついている。

民間機パイロットから軍用機パイロットへ

幼い頃から大空に憧れていたサン＝テグジュペリが自らの手で初めて飛行機を操縦したのは、二一歳で兵役についたときだった。地上勤務兵として配属されたものの、空を飛びたいという思いは強く、自費で飛行機操縦の訓練を受けて民間機飛行免許を取得したのだ。やがて空軍パイロットの資格試験に合格し、パリ近郊に駐屯する航空連隊に配属。戦時ではないので、軍務の飛行はサン＝テグジュペリにとって、大空の陶酔を思う存分味わうことのできる機会だった。二年の兵役後は予備役に置かれ、瓦製造会社の事務やトラック製造販売会社のセールスマンとして働くが、地上に縛られた会社員の生活は性に合わず、二六歳のときにラテコエール郵便航空会社に入社。航空郵便輸送業に身を投じ、郵便飛行士としての活躍が始まることになる。

当時、航空輸送はまさに開拓時代だった。航続距離も短く、すぐに故障する機体での郵便飛行は、常に死と隣り合わせの危険な仕事だった。サン＝テグジュペリはフランスとアフリカを結ぶ定期便の郵便飛行士として従事した後、サハラ砂漠の中継基地キャップ・ジュビーの飛行場長、次いで南米大陸での空路開発の責任者として、黎明期の航空輸送業の第一線で活躍する。この郵便飛行士時代に自らの見聞をもとにして書かれたのが処女作『南方郵便機』（一九二九年）、そして『夜間飛行』（一九三一年）である。

フェミナ賞を受賞した『夜間飛行』によって作家としての地位を確立したサン＝テグジュペリだったが、その翌年、会社での内紛のあおりを受け失職。郵便飛行の現場から離れることになる。しかし飛行機との縁がこれで切れたわけではない。新聞の特派員としてルポルタージュを執筆したり、飛行士時代の見聞をつづったエッセイを寄稿したりして生活の糧を得るかたわら、最新鋭のシムーン機を購入し、多額の賞金のかかった長距離飛行記録更新に挑戦する。まずはパリから仏領インドシナのサイゴンまで。だがリビア砂漠で墜落、飛行機は大破するものの奇跡的に生還を果たす。次はニューヨークから南米大陸最南端のフエゴ島まで。今度は途中グアテマラの飛行場で離陸に失敗、二機目のシムーン機も大破し、サン＝テグジュペリは頭蓋骨骨折を含む重傷を負い、一時意識不明に陥る。その療養中に手がけたのが、それまでに発表した

1　「フィガロ・リテレール」誌、一九三九年五月二七日号。

ルポルタージュやエッセイに徹底した加筆訂正をおこないひとつにまとめた『人間の大地』だった。

一九三九年二月に刊行された『人間の大地』はたちまち評判となり、その年のアカデミー・フランセーズ小説大賞を受賞する。『風と砂と星と』という題を冠してアメリカで出版された英訳版も熱狂的な読者を獲得し、全米図書賞を受賞した。この大成功によりサン＝テグジュペリは長年の借金生活から抜け出し、作家としての栄光に包まれる。アメリカの出版社の依頼で夏にニューヨークに向かうと、インタビュー、サイン会、さまざまな招宴など、多忙な日程が待ち受けていた。それはサン＝テグジュペリにとって、輝かしいが短い、最後の幸福な一時期だった。すでに独仏国境の彼方では、ヒトラーの軍隊が戦車部隊の集結を終えつつあった。戦争はもう間近に迫っていた。サン＝テグジュペリが大西洋を渡ってフランスの港に戻ってきたのは、開戦のわずか一週間前だった。

一九三九年九月一日早朝、ドイツ軍は突如としてポーランドに侵攻を開始。三日にはフランスとイギリスがドイツに宣戦を布告し、ここに第二次世界大戦が勃発する。予備役の大尉であったサン＝テグジュペリもすぐに動員された。すでに三九歳、本人は第一線の搭乗員を望んでいたが、その年齢は軍用機を操縦するには高齢であり、軍医たちの診断結果も芳しいものではなかった。かつての事故の後遺症で、左腕が肩より上にあがらなかったからだ。サン＝テグジュペリに与えられた職務は、後方基地での操縦指導教官だった。

しばらくはこの職務を甘受していたが、やがて後方任務に我慢ができなくなる。どうしても戦闘機隊に配属されたいのだ。サン＝テグジュペリは何度となく関係各所に手紙を書き、電話をかけ、自分が実戦部隊に配属されるために奔走した。この時期に書かれたある友人宛の手紙には、この時期の苛立ちがよくあらわれている。

（…）実戦に加われないと、精神的にすっかり病気になってしまう。もろもろの出来事について、ぼくには言うべきことがたくさんある。だがそれを言うことができるのは、単なる観光客ではなく、実際に戦う者となってからだ。（…）ここの連中はぼくを教官にしたがっている。それもただ航法だけではなく、馬鹿でかい爆撃機の操縦法の教官だ。だから息が詰まるし、つらいし、口を噤んでいることしかできない。ぼくを救い出してくれ。どこかの戦闘機隊に入れるようにしてくれ。きみもよく知ってるように、ぼくは戦争が好きなわけではない。しかし、銃後に残ったまま自分だけ危険を担わないでいることは、どうしてもできない。（…）参加してはじめて、人は有効な役割を果たすことができるのだ。[2]

奮闘の甲斐もあり、一一月、サン＝テグジュペリは総司令部直属の二／三三飛行大隊に配属が決まる。偵察飛行を任務とする部隊で、当時はパリの東約二〇〇キロに位置する町サン・ディジエの郊外の寒村オルコントに駐留していた。だが、いざ前線部隊に配属されたものの、当初は実戦に身を投じることはなかった。「奇妙な戦争」と呼ばれる状態がつづいていたからだ。英仏軍とドイツ軍はにらみ合ったまま静観をつづけ、開戦から半年以上ものあいだほとんど戦闘がおこなわれることはなかった。しかし一九四〇年五月一〇日、事態は一変する。突如ドイツ軍がベルギー・オランダへと侵攻し、一五日にはフランス北東部の国境を突破。「奇妙な戦争」が終わり、戦闘が開始された。ドイツ軍の電撃戦の前にフランスは敗走を重ね、二／三三飛行大隊も撤退に次ぐ撤退で基地を転々とする。このような敗色濃厚な状況下で五月二三日、サン＝テグジュペリはアラス上空偵察飛行の命令を受け、ブロック一七四型偵察機で部隊の基地であるオルリー空港を離陸する。これが本書『戦う操縦士』の中心的エピソードを構成する出撃である。

ドイツ軍との最前線であるアラスが持ちこたえているかどうか確認するため敵戦車部隊の位置を偵察すること、これが総司令部からの指示だった。前日に出撃した二機は帰還しなかった。文字通り決死の覚悟で出撃したサン＝テグジュペリたちは、途中で敵の対空砲火や雷雨に襲われながらもアラス上空に到達する。炎上する町、南西三キロの地点には敵戦車の大部隊が集結している。激しい対空砲火をかいくぐって危険な偵察任務を遂行した一行は、傷だらけの機体とともに基地に帰り着いた。この活躍によりサン＝テグジュペリは戦功十字勲章を授けられることとなる。

その後、五月三一日から六月九日までにサン＝テグジュペリは三回の高空偵察飛行を行っているが、その頃にはダンケルクが落ち、フランス東部全域にドイツ軍の戦車があふれた。六月一四日には首都パリが陥落。二二日に休戦協定が締結され、フランスは降伏する。これにより北部地域はドイツの占領下におかれ、南部地域を親独的な

2　一九三九年一〇月二六日付の手紙。

ヴィシー政権のフランスが治めることになった。一方、あくまで対独抗戦をとなえるド・ゴール将軍はロンドンに亡命し、フランス国内での抵抗運動《レジスタンス》を呼びかけながら、イギリスの支援のもとにドイツとの戦いをつづけた。この間、二／三三飛行大隊はボルドー、次いで北アフリカのアルジェへと移動。休戦協定が結ばれたのはその直後だった。協定に従って部隊は武装解除を命じられる。休戦となった以上、もはや予備役の軍人が軍務に従事する理由はない。サン＝テグジュペリもまた動員解除となり、八月初旬、ヴィシー政権下のフランスに帰国した。

『戦う操縦士』の刊行

南仏コート・ダジュールのアゲーにある妹の城館にひとまず身を落ち着けたものの、サン＝テグジュペリにはフランスが危急存亡の今、ただの傍観者でいることはできなかった。ドイツの工業力や軍事力は強大だ。イギリスだけの力ではフランスを苦境から救い出すことはできない。ドイツに対抗できる唯一の国はアメリカだが、そのアメリカは第二次世界大戦開始から孤立主義を掲げて中立を保ち、大西洋の向こうで相変わらず沈黙を守りつづけている。しかし、前年に出版された『人間の大地』の英訳版

『風と砂と星と』が二五万部の大ベストセラーとなり、今のサン＝テグジュペリはアメリカでそれまでにない影響力を行使できる立場にあった。ナチズムに対する戦いは、フランスだけではなく、全人類の義務だ、と訴えることによって、アメリカの支援を引き出すことができるのではないか。そう考えたサン＝テグジュペリは、のちに『ちいさな王子』を捧げる親友レオン・ヴェルトの後押しもあり渡米を決意する。一〇月頃から準備を開始したサン＝テグジュペリがニューヨークの港に降り立ったのは、その年の大晦日のことだった。

だが期待はすぐに裏切られる。アメリカ人にとって、ヨーロッパの戦争は所詮対岸の火事にすぎない。遠くから興味本位で見物するだけで、自分たちの運命には関係のない出来事としかとらえていなかった。この無関心の壁を前にしてサン＝テグジュペリは自分の無力さを痛切に感じた。さらにやり切れないのは、ニューヨークに集まっていた亡命フランス人たちだった。国民的団結が何よりも優先されるはずの敗北と屈辱のこの時期に、ド・ゴール派とヴィシー派に分裂し、たがいに中傷し合っていたのだ。同胞相食《あいは》むこの抗争に巻きこまれることを拒否し、どちらの陣営にも与《くみ》しなかったサン＝テグジュペリは、双方からの激しい誹謗中傷にさらされる。一言も英語を話せず、また学ぼうともしないためアメリカという国に溶け込むこともなく、ますます孤立を深めていく。

このような時期に出版社の要請によって書き始められたのが『戦う操縦士』である。この作品は明確な目的をもっていた。当時のアメリカでは、簡単に敗北したフランスの戦意に疑問を持つ人が多かったが、そうしたアメリカの世論にたいして祖国の立場を弁明し、民主主義という大義を共有するアメリカがヨーロッパの戦争に参戦するよう促すことである。だがこの作品がその役目を果たす必要はなかった。原稿もほぼ完成に近づいた一二月七日、サン＝テグジュペリが待ち望んでいた知らせが飛び込んでくる。日本軍の真珠湾攻撃を機に、それまで中立を守っていたアメリカが連合国側に立って参戦したのだ。

『戦う操縦士』のフランス語版とその英訳版『アラスへの飛行』が書店に並んだのはアメリカ参戦から二カ月後、一九四二年二月だった。[3] アメリカの読者はこの作品を、今や戦友となったフランスの勇気ある戦いの記録として熱狂的に受け入れた。「戦う人間の信条《クレド》をなし、行動する飛行士の物語であるこの作品と、チャーチルの演説とは、現在までのところ、民主主義が『わが闘争』にたいして見出した最良の回答を代表している」と絶賛され、何週間にもわたってベストセラーのトップを独占する。[4]

ドイツ軍占領下にあったフランスでも、「とち狂った戦争をはじめたヒトラーも」（四二頁）という一文を削除する条件で出版許可がおり、一一月にガリマール社から出版された。『戦う操縦士』はたちまち完売したが、アメリカでの大成功とは異なり、すべての読者から好意的に受け入れられたわけではなかった。一部の反ユダヤ主義的なフランス人はこの作品を激しく批判した。イスラエルという名のユダヤ人飛行士の英雄的行為が賞賛されていることを問題視したのだ。占領当局はそれに反応し、発売禁止の処分をとった。以後この作品はリヨンとリールの地下出版によってひそかに流《る》布《ふ》された。一方ド・ゴール派のなかには、この作品の末尾の一節「明日も、傍観者た

3　『戦う操縦士』の英訳版『アラスへの飛行』を訳したのは、『人間の大地』の訳者と同じルイス・ガランティエール。『人間の大地』とその英訳版『風と砂と星と』にも見られたことだが、仏語版『戦う操縦士』と英訳版『アラスへの飛行』の二つのテクストのあいだには、意訳の域を超えた明らかな異同が散見される。章立ても違っており、仏語版は二八章構成なのに対して、英訳版は二四章構成になっている。

4　「アトランティック・マンスリー」誌（一九四二年四月号）にエドワード・ウィークスが書いた批評。

ちにとっては、われわれは敗者だろう。敗者は沈黙すべきだ。種子のように」を、敗北主義でヴィシー寄りだと非難する者もあった。

アラス上空の啓示

『戦う操縦士』の原題である「Pilote de guerre」は、もともと民間機パイロット（pilote civil）に対する軍用機パイロットを意味する。題名が示しているように、この作品の中心にあるエピソードは、サン＝テグジュペリが軍用機パイロットとしておこなった飛行任務、前述した一九四〇年五月二三日のアラス上空への偵察飛行である。作中では偵察機一機で、往路は一万メートルの高空、目標上空では低空でなされるこの飛行は、実際には戦闘機の護衛をともない、全行程を通じて低空でおこなわれた。『戦う操縦士』においては、二／三三飛行大隊で作者の経験した複数の出撃が、それらすべてを象徴するただ一回の飛行に圧縮され、高高度での肉体的苦痛が、敵戦闘機との遭遇が、対空砲火の激しさが、劇的な密度をもって描かれると同時に、戦死したり負傷した戦友たちの追憶、基地での生活風景の点描などが差し挟まれる。この側面から見るならば、『戦う操縦士』はいわゆる戦記物の系譜に属しているとも言えるだろう。

参戦直後の戦意高揚のさなかにあるアメリカでこの作品が驚くべき成功を収めた理由のひとつがここにあることは否定できない。しかし、この作品の主題は別のところにある。

そもそもこの作品の骨子《こっし》となる偵察飛行は、物語のはじめからすでにその無意味さが繰り返し強調されている。それは「山火事を消すのに、コップの水を躍起になってかけ」(一四頁)るような徒労であり、敵の熾烈な対空砲火の前に「無駄な犠牲になるだけの出撃」(四五頁)だ。死を賭した偵察飛行に運よく成功したところで、「持ち帰る情報は一顧だにされない」(二三頁)だろう。軍の情報伝達系統はほとんど麻痺しており、その情報が司令部に伝わることはないからだ。たとえ伝わったとしても、敵に対応する戦力はすでにない。

敗北の混乱のなかで意味を失っているのは、偵察飛行という軍事行為だけではない。平和時には互いに結びつきひとつの意味をなしていたすべてのものが崩壊する。刈取機も脱穀機もうち捨てられたまま用をなさず、もはや手入れする者のいない泉の水は泥沼に変わっている(一八―一九頁)。かつてはあるべき場所に収まり、「その家の顔立ちといったものを形作っていた」(一四一頁)のに、いまや乱雑に積み上げられて

「がらくた」と化した家財。それまでの生活環境からも、仕事からも、義務からももぎ離されて意味という意味を喪失したまま、「導き手なしに勝手にどこかへ行こうとしている羊の群れ」(一四四頁)のように街道をさまよう避難民たち。あらゆる関係が断ち切られ、人間も事物も「おびただしい断片が逆巻く洪水」(一七一頁)に飲みこまれている状況においては、誕生や死でさえもが尊厳や意味を失う。この全面的崩壊のなかで、それ自体が無意味となった偵察飛行に自らの命を捧げるのはなぜなのか。作品はこの問いを軸に展開する。

『戦う操縦士』は、話者自身がその渦中にいて経験している出来事——隊長に呼び出されて偵察飛行に出撃してから、任務を終えて仲間のもとへ帰還するまで——を現在進行中のこととして語る、という形式をとっている。しかし、話者はその偵察飛行任務の物語をたえず中断し、ふとした肉体感覚や連想作用を契機として意識に浮かびあがる思い出や夢想に身をゆだねる。そして、一見すると互いになんの時間的・論理的脈絡もないようにも思えるその思い出や夢想を通して、自らの存在と行動についての問いを繰り返す。この作品では、偵察飛行という行動の記述よりも、その行動の意味を探究する思索の記述の方がはるかに重きをなしているのだ。

はじめ、この偵察飛行任務は否定的なものとしてしかあらわれてこない。学院の教室という「孵卵器《ふらんき》のぬくぬくとした平和」（一四頁）の夢想にひたる「私」は、不意にそこから苛酷な現実に引きずり出され、生還の見込みのない出撃を命じられる。誰も必要としていない情報を収集するための犠牲。「私」の苛立ちは「なぜ自分が死ななければならないのか」（二九頁）わからないことにある。任務のさなかに高空で敵戦闘機に遭遇したときも、「私」の脳裏に浮かぶのは「手遅れになる前に（…）誰のために死ぬのかはっきりさせたい」（六九頁）という思いだ。その答えを見出せぬままアラスに、すなわち死が待ち構える場所に近づくにつれて、自分自身の起源の場である幼年時代という「広大な領土」（一二五頁）がいっそう強く立ちあらわれてくる。次第に激しくなる対空砲火のなかで、やがて最も古い思い出、「思い出の思い出」（一八四頁）にたどり着く。チロル出身の子守ポーラの記憶だ。「私」は繰り返しポーラに話しかけながら、苛酷な現実と平和な幼年時代とをひとつに重ね合わせる。対空砲火をかいくぐって目的地へと向かう偵察任務を幼年時代の「騎士アクラン」の遊びになぞらえる。そうやって現実と夢想とを意図的に混交することで、死の恐怖から目を逸らそうとするのだ。しかし、アラス上空でこれまでになく激しい集中砲火を浴び、

「私」は虚実の混交による一種の現実逃避がもはや通用しないことを理解する。「私はきみの影を栖の代わりにしたのだ……」（一九四頁）と、死の脅威に対する庇護者としてポーラに呼びかけていたことを認めた話者は、苛酷な現実に直面せざるをえなくなる。決定的な転機が訪れるのはそのときだ。

炸裂する砲弾の衝撃は、まず「私」のなかにあった肉体への執着を吹き飛ばす。それまでの「私」は自分と肉体とを同一視し、肉体を失うことは自分を失うことだと思い込んでいた。しかし砲撃にさらされ、肉体の価値が単なる事物と変わらないところまで失墜すると、本当に大切なものがあらわれてくる。人間にとって重要なのは肉体などではない。人間は「さまざまな関係の結び目」（二一一頁）であり、重要なのは「自分が結ばれているもの」（二〇八頁）だけだ。そのことを見出した「私」は、生と死のはざまで一瞬一瞬が新たな誕生となる濃密な時間を送りながら、「生命の陶酔」（二一五頁）に包まれる。それは、象徴的な死と再生を経てより高次の自分に変貌を遂げるイニシエーションの過程にほかならない。

事実、奇跡的に高射砲の弾幕から抜け出した話者は「私はすっかり変わった」（二三六頁）と感じる。ここではじめて、あれほど無意味だと思われていた偵察飛行任務の持つ意味が明らかになる。この出撃は、「新たな自分へと生成変化する」ために不可欠なものだったのだ。アラスの砲火は「私」の殻を打ち破り、その目を開かせた。そして、新たな認識に目覚めた「私」に、ひとつの啓示がもたらされる。結ばれる権利、一体となる権利、自分以上のものになる権利を得るためには、行動を通じて参加し、おのれを与え、おのれを犠牲にしなければならない、という啓示だ。砲火に身を投じ、一切を犠牲に捧げたあとの「私」には、以前には見えていなかったさまざまな「絆」が見えてくる。戦友たちに結ばれている自分。戦友たちを通して二／三三飛行大隊に結ばれている自分。二／三三飛行大隊を通して祖国に結ばれている自分。こうして、それまでばらばらな断片の寄せ集めとしてしか映っていなかったものが、ひとつの意識のなかで結ばれる。アラスの砲火を経たいま、出撃前は「自分が住む大聖堂が見えない」（四一頁）状態にあった「私」には、自分が属する共同体が巨大な大聖堂としてはっきりと見えるようになったのだ。

戦友たち、飛行大隊、祖国、と遠心的にその範囲を広げる「絆」は、やがて祖国フランスを包含する文明へ、最後にはその文明の共通の尺度である《人間》――ばらばらな個人の総和でしかない「白蟻の群れ」（二八五頁）の対極にある、抽象的で普遍的な概念としての《人間》(原文では大文字で「l'Homme」と表記される)――にまで到る。そしてこの絆の発見とともに、アラス以前にはわからなかった「なぜ自分が死ななければならないのか」「誰のために死ぬのか」という問いの答えが、作品の終わり近くで示される。「人が死ぬことができるのは唯一、それなしでは自分が生きられないもののためだけだ」(二九〇頁)。アラス上空での啓示は、二五章から二七章にかけての長い考察の末尾で、戦う者の《信条《クレド》》として結晶する。

戦う者の《信条《クレド》》

『戦う操縦士』で示されたサン=テグジュペリのこの《信条《クレド》》は、一九四二年一〇月頃に書かれたと思われるアンドレ・ブルトン宛ての手紙にも、シュルレアリスムの運動とその哲学、とりわけブルトンの生き方や考え方との対比という形ではっきりとあらわれている。実際にナチスと戦うこともなくアメリカに亡命し、傍観者を決めこんだまま反ヴィシーの論陣を張ることでフランス人同士の団結を阻むこのシュルレアリスムの領袖に対して、サン=テグジュペリはその性格に似合わない激しい調子でこう主張する。

残念なのは、あなたがいままで一度たりとも「死への同意」という問題に直面しなかったことだ。直面していたらあなたにも、そのとき人間に必要なのは憎悪ではなく熱意なのだ、と認められたはずなのに。人は何かに「反対して」死ぬのではない。何かの「ために」死ぬのだ。しかしあなたはこれまで、人間が死を受け入れるために拠り所とするものすべてを壊す作業に、自分の生を費やしてきた。あなたはフランスの軍備や団結や犠牲的精神に対して戦ってきただけでなく、あなたと異なる考えをする自由や、個々人の見解の相違を越えた友愛の感情や、日常のモラル、宗教観念、祖国や家族や家庭といった観念、もっと一般化して言えば、それがなんであれ、人間の拠り所となるべき存在を築くあらゆる観念に対してもまた戦ってきた。あなたは、まとまりをもたらすこういったすべてのものを徹底的に破壊することを狂信的に信奉しているのだ。

自らの言葉に忠実に、サン=テグジュペリは自分が結ばれているものの「ために」身を捧げることを選ぶ。この手紙が書かれて間もない一九四二年一一月に英米連合軍が反攻作戦の第一歩として北アフリカに上陸すると、ふたたび戦争に参加しようと奔走するのだ。しかし、それはただ祖国フランスのためだけではない。ヨーロッパとは関係のないアメリカがナチス・ドイツと戦うのと同じ理由、すなわち「《人間》そのものを、《人間》への崇敬を、《人間》の自由を、《人間》の偉大さを救う」[5]ためなのだ。

亡命中のもうひとつの成果である『ちいさな王子』を置き土産にアメリカを後にしたサン＝テグジュペリは、一九四三年六月、約三年ぶりに二／三三飛行大隊の戦友たちと合流する。四三歳という年齢でありながら、三五歳までのパイロットのみに搭乗を許されていた最新の高性能機ライトニングを操縦し、危険な出撃を繰り返す。「戦争で殺されても私にはどうでもいいことです。ただ、私が愛したもののうちで、なにが残ることになるでしょう?」[6]と書いたサン＝テグジュペリは、一九四四年七月三一日、コルシカ島ボルゴ基地より偵察飛行に出撃したまま消息を絶つ。パリが解放され、サン＝テグジュペリが《人間》の敵と見なしていたナチス・ドイツが崩壊へと進みはじめるのは、それから一カ月も経っていない八月二五日のことだった。

最後の飛行に飛び立ったサン＝テグジュペリの部屋の机には、出撃前にしたためられた手紙が残されていた。友人に宛てられたその手紙の末尾はこう結ばれている。「撃ち落とされたとしても、絶対になにひとつ後悔しないだろう。未来に白蟻の群れが出現するという考えは私を恐怖に陥れる。私が憎んでいるのは白蟻どもが体現するロボットの徳だ」[7]。拠り所を失った個人の群れが支配する時代の到来を予感しつつ、個人の個別性を止揚する普遍的な《人間》の存在を見つづけ、それをなによりも守ろうとしたサン＝テグジュペリの《人間主義《ヒューマニズム》》は、七〇年以上経った現在でも、いや、むしろ互いに互いを排斥し合う偏狭なナショナリズムが世界を覆おうとしている現在だからこそ、その力強さでわれわれの心を揺さぶらずにはいられない。

5　一九四四年五月に書かれた「あるアメリカ人への手紙」。

6　一九四三年七月に書かれた「X将軍への手紙」。

7　一九四四年七月三〇日あるいは三一日に書かれたピエール・ダロス宛ての手紙。

サン=テグジュペリ年譜

一九〇〇年

六月二九日、アントワーヌ・ド・サン=テグジュペリ、フランス中南部の町リヨンで誕生。父はジャン・ド・サン=テグジュペリ伯爵、母のマリーはフォンコロンブ男爵家の出身。サン=テグジュペリは当時三歳の長女マリー=マドレーヌ、二歳の次女シモーヌに次ぐ第三子で長男。

一九〇二年　二歳

弟フランソワ誕生。

一九〇四年　四歳

妹ガブリエル誕生。三月、父ジャンが脳卒中により四一歳で急死。一家は母方の大叔母トリコー伯爵夫人の庇護のもと、年の半分をリヨンの北東約三〇キロに位置するサン=モーリス・ド・レマンスの城館で過ごすようになる。残りの半年は、トリコー伯爵夫人が所有するリヨンのアパルトマンか、母の実家である、南仏サン=トロペ近郊のラ・モールの城館で過ごした。

一九〇九年　九歳

父方の祖父の要望で、一家はフランス

西部の町ル・マンに転居。父親の母校でもあるこの町の名門校ノートルダム聖十字架学院に転校する。

一九一二年　一二歳
サン＝モーリス・ド・レマンスに帰省中、近くの飛行場で飛行機搭乗の初体験。

一九一四年　一四歳
七月、第一次世界大戦がはじまる。看護婦の資格を得ていた母親が、サン＝モーリス・ド・レマンスの近くにあるアンベリューの駅舎を利用した野戦病院の婦長に任命される。一〇月、弟とともに、リヨンの北西約三〇キロのヴィルフランシュ＝シュル＝ソーヌにあるノートルダム・ド・モングレ学院に転校する。

一九一五年　一五歳
一一月、弟とともに中立国スイスの町フリブールにある聖ヨハネ学院の寄宿生となる。

一九一七年　一七歳
六月、大学入学資格試験《バカロレア》に合格。七月、弟フランソワが一五歳で病死。一〇月、海軍兵学校受験の準備のためパリに出て寄宿生活を送る。

一九一九年　一九歳
六月、海軍兵学校の受験に失敗。

一九二〇年　二〇歳
四月、大叔母トリコー伯爵夫人死去。サン＝モーリス・ド・レマンスの城館は母マリーに受け継がれる。六月、海軍兵学校の二度目の受験に失敗。年齢制限のため受験資格を失い、海軍兵学校入学をあきらめる。一〇月、美術学校建築科の聴講生となる。

一九二一年　二一歳

四月、二年間の兵役につく。ストラスブールの第二航空連隊に地上勤務兵として配属。自費で飛行機操縦の訓練を受けて、民間機飛行免許を取得。モロッコのラバト、次いで南仏イストルに転属され、軍用機の飛行訓練を受ける。一二月、軍用機操縦免許を取得。

一九二二年　二二歳

中仏アヴォールで士官候補生の訓練を受ける。一〇月、少尉に昇進。パリ近郊ル・ブールジェに駐屯する第三四航空連隊に配属。

一九二三年　二三歳

一月、ル・ブールジェ飛行場で墜落事故を起こし重傷を負う。恋人ルイーズ・ド・ヴィルモランの意向もありパイロットの職をあきらめ、六月に除隊。予備役将校となってパリに戻り、瓦製造会社の事務所に就職。次第にルイーズとの性格の不一致が明らかになり、年末には婚約が破棄される。

一九二四年　二四歳

三月、トラック製造販売会社に転職。

一九二五年　二五歳

従姉イヴォンヌ・ド・レトランジュのサロンで、文学者のジャン・プレヴォと知り合う。

一九二六年　二六歳

四月、文芸誌「銀の船」に短編「飛行士」が掲載され、作家としてデビュー。トラック製造販売会社を退社。アエリエンヌ・フランセーズ社の遊覧飛行機のパイロットとして臨時採用される。一〇月、トゥールーズにあるラテコエール郵便航空会社（後のアエロポスタル社）で空路開発主任のディディエ・ドーラの面接を受け、パイロットとして採用される。

一九二七年　二七歳

アンリ・ギヨメやジャン・メルモーズとともにトゥールーズ＝カサブランカ、さらにはダカール＝カサブランカを結ぶ定期郵便飛行に従事。六月、長姉マリー＝マドレーヌ死去。一〇月、スペイン領サハラの中継基地キャップ・ジュビー（現モロッコのタルファヤ）の飛行場長に任命され、これより一年半、砂漠の生活を体験する。その間に『南方郵便機』を執筆。

一九二八年　二八歳

四月、メルモーズが南米リオ＝ブエノスアイレス間の初めての夜間飛行を行う。九月、ムーア人に囚われた飛行士の解放のために尽力。

一九二九年　二九歳

三月、フランスに帰国。ブレストで海軍の高等飛行技術訓練を受ける。四月、ガリマール社から『南方郵便機』が刊行される。一〇月、アエロポスタ・アルヘンティーナ社（フランス・アエロポスタル社の系列会社）の支配人に任命され、ブエノスアイレスに赴任。ギヨメ、メルモーズらと南アメリカにおける郵便航路開発に携わる。

一九三〇年　三〇歳

このころ『夜間飛行』の執筆。六月、アンデス山脈で消息を絶ったギヨメを捜索。ギヨメ、奇跡的に生還。エルサルバドル出身のアルゼンチン女性コンスエロ・スンシンを紹介される。コンスエロはサン＝テグジュペリの二歳年下。二度の結婚歴があったが、最初の夫は結婚二年後に死去。二番目の夫である三〇歳年上の作家エンリケ・ゴメス・カリーリョは、一九二七年に病死していた。

一九三一年　三一歳

二月、フランスに帰国。四月、コンスエロと結婚。一〇月、ガリマール社から『夜間飛行』刊行（序文はアンドレ・ジッド）。同年のフェミナ賞を受賞する。英語・独語に翻訳され、一九三三年にはハリウッドで映画化される（クラレンス・ブラウン監督、ジョン・バリモア、クラーク・ゲーブル出演）。

一九三二年　三二歳

アエロポスタル社の紛糾で失職。六月、母マリーが経済的困難のためサン＝モーリス・ド・レマンスの城館をリヨン市に売却。一〇月、ガリマール社の

「マリアンヌ」誌創刊号に操縦士に関するエッセイを寄稿。以後、同誌に何度もエッセイを発表する。

一九三三年　三三歳

郵便輸送業務をやめ航空機製造会社として営業していたラテコエール社にテストパイロットとして勤務。一二月、南仏サン＝ラファエルで水上飛行機のテスト中に事故を起こし、危うく溺死しかける。テストパイロットの職を失う。

一九三四年　三四歳

四月、アエロポスタル社など航空四社を統合してできたエール・フランス社の宣伝部に一時的に雇用される。

一九三五年　三五歳

四月から五月にかけて「パリ・ソワール」紙の特派員としてモスクワ滞在、ルポルタージュを執筆。映画脚本『アンヌ＝マリー』を書き、レーモン・ベルナール監督に売る（翌年公開、邦題は『夜の空を行く』）。最新鋭の飛行機、コドロン社のシムーン機を購入。一二月二九日、同機に乗って機関士のアンドレ・プレヴォとともに、多額の賞金のかかったパリ－サイゴン間の長距離飛行記録更新に挑戦するが、リビア砂漠に不時着。飛行機は大破するが、奇跡的に生還。

一九三六年　三六歳

一月、リビア砂漠での遭難に関するエッセイを「ラントランジジャン」紙に発表。八月、同紙特派員として市民戦争のさなかのスペインに赴き、ルポルタージュを執筆。新たにシムーン機を購入。一〇月、『南方郵便機』が映画化される（ピエール・ビヨン監督、ピエール＝リシャール・ヴィルム主演）。一二月、かつての僚友メルモーズが大西洋上で消息を絶つ。

一九三七年　三七歳

四月、「パリ・ソワール」紙特派員として再度スペイン内戦を取材。無線航法システムや燃料消費を計る装置など数点の特許を申請。

一九三八年　三八歳

二月、ニューヨークと南米大陸最南端のフエゴ島を結ぶ長距離飛行に機関士のアンドレ・プレヴォとともにシムーン機で挑戦するが、中米グアテマラの飛行場で離陸に失敗して機は大破、頭蓋骨骨折を含む重傷を負う。壊疽にかかった左腕の切断を拒否して、あやうく片腕になることは免れたが、重い後遺症が残った。ニューヨークでの療養期間中に『人間の大地』に着手。五月、執筆中の原稿を携えてフランスに帰国。

一九三九年　三九歳

二月、ガリマール社より『人間の大地』刊行。大成功を収めた同作でアカデミー・フランセーズ小説大賞を受賞。ほぼ同時期に出版された英訳版（ルイス・ガランティエール訳。英題は『風と砂と星と』）も熱狂的な読者を獲得する。九月、第二次世界大戦がはじまる。フランスの対独宣戦にともない大尉として動員され、後方基地の教官の任務を与えられる。戦闘部隊への転属を求めて奔走し、一一月、偵察飛行を任務とする二／三三飛行大隊に配属。だが「奇妙な戦争」と呼ばれる戦闘のない戦争状態のなか、偵察飛行はほとんど行われることがなかった。

一九四〇年　四〇歳

五月一〇日、ドイツ軍がベルギー・オランダに侵攻し、一五日にはフランス北東部の国境を突破。戦闘が開始される。五月二三日、サン＝テグジュペリはジャン・デュテルトルを観測員にブロック一七四型偵察機でアラスへの偵察飛行を行う。後にこの働きにより戦功十字勲章を受勲。六月一四日、パリ陥落。六月二二日、休戦協定締結。サン＝テグジュペリは動員を解除される。一一月、かつての僚友ギヨメが輸送飛行中に地中海上で撃墜される。一二月、アメリカに向けて一人で出発。船上で映画監督ジャン・ルノワールと知り合う。

一九四一年　四一歳

一月、ニューヨークに居を構える。渡米中はヴィシー派、ド・ゴール派のいずれにも属さず政治的に孤立。フランスの分裂状態に対する憂い深まる。六月頃から『戦う操縦士』の執筆に専心。一二月七日、日本軍による真珠湾攻撃。

アメリカが連合国に加わり第二次世界大戦に参戦する。

一九四二年　四二歳

二月、『戦う操縦士』の仏語版と英訳版（ルイス・ガランティエール訳。英題は『アラスへの飛行』）がアメリカで刊行。ベストセラーとなる。夏頃から『ちいさな王子』を執筆。一一月、ドイツ占領下のフランスで、ガリマール社より『戦う操縦士』が刊行される。たちまち完売するが、親独派の激しい批判にさらされ、発禁処分となる。

一九四三年　四三歳

四月、『ちいさな王子』の仏語版と英訳版がアメリカで刊行される。五月、アルジェに赴き、戦線復帰のために奔走。アメリカ空軍第三偵察大隊の傘下に入っていた二／三三飛行大隊に復帰。三五歳までのパイロットのみに搭乗を許されていた最新の高性能機ライトニングを操縦。八月、着陸に失敗、機体破損を理由に予備役に回される。一二月、『戦う操縦士』リヨンで地下出版される。

一九四四年　四四歳

リールで『戦う操縦士』が地下出版。五月、原隊復帰の運動が実り、二／三三飛行大隊に復帰が許可される。六月、連合軍がノルマンディー上陸作戦を開始。七月三一日、コルシカ島ボルゴ基地よりライトニング機で偵察飛行に出撃したまま消息を絶つ。八月二五日、パリ解放。一二月、『ある人質への手紙』がガリマール社から刊行される。
一九四六年
フランスでガリマール社より『ちいさな王子』が刊行される。
一九四八年
『城砦』が未完のままガリマール社から刊行される。
一九九三年
フランスの五〇フラン紙幣にサン＝テグジュペリの肖像が使われる（二〇〇一年の新通貨ユーロへの切り替えまで発行）。
一九九八年
サン＝テグジュペリが身につけていたと思われる銀のブレスレットが、マルセイユ沖でトロール船の網にかかる。
二〇〇三年
マルセイユ沖の海中から、歳月を経た機体の残骸が発見され、サン＝テグジュペリの搭乗機であったことが確認される。

訳者あとがき

サン＝テグジュペリといえば、なにを置いても『ちいさな王子』だろう。しかし、愛らしい挿絵の入ったこの「童話」があまりに強烈な光を放っているために、他の作品がかすんでしまっているきらいがある、とつねづね感じてきた。特にこの『戦う操縦士』は、戦争を扱っているせいもあるのか、路線飛行士としての経験から生み出された『夜間飛行』や『人間の大地』などと比べても、はるかに読まれることの少ない作品ではないだろうか。

かくいう訳者自身も、『戦う操縦士』についてはその題名と、戦争を扱った小説である、という通り一遍の文学史的知識しか持ち合わせていなかった。サン＝テグジュペリの熱烈な愛読者というわけではない訳者が、それほど知られているとはいえないこの作品を手に取ったのは、光文社翻訳編集部の方から『戦う操縦士』の翻訳についてのお話をいただいたからだった。だがいざ読みはじめると、たちまち引き込まれずにはいられなかった。偵察飛行という殺伐とした現実と、そこから逃避するように主人公が浸る夢想とが密接に織り合わされて濃密な詩情《ポエジー》を醸し出し、単なる戦記物とはまったく異なっていたからだ。戦闘シーンの乾いた即物的な描写と、そこから不意に転調する詩的叙情性。論理的というよりはイメージの連鎖によって展開していく思索。アラス上空での象徴的な死を経たあとに見出す新たな認識の力強さ。『ちいさな王子』とはまた違うサン＝テグジュペリの魅力を伝えることができれば、という思いに後押しされてこの作品の翻訳に取りかかった。

『戦う操縦士』の既訳としては、新潮文庫の堀口大學訳（一九五六年）とみすず書房の「サン＝テグジュペリ著作集」に収められた山崎庸一郎訳（一九八四年）がある。この優れた先行訳からじつに多くのことを教わりながら、自分なりにできるかぎりわかりやすく、そして原文のリズムを伝えられるような訳文にしようと心がけた。また、この作品を紡いでいるさまざまな文体――徹底的に削ぎ落とされた味気ないほど簡勁な文体から、思索に沈潜しているときの一歩一歩踏みしめながら進むような文体、そして語やイメージの繰り返しによる詩的抑揚にあふれる文体など――の違いが明らかになるよう訳し分けることも試みた。これらの企てがどの程度まで効果をあげているのかは、お読みになった方のご判断に委ねるほかはない。

本書の底本としたのは旧版のプレイヤード叢書版サン＝テグジュペリ作品集（Antoine de Saint-Exupéry, *Œuvres*, préface de Roger Caillois, Gallimard, coll. « Bibliothèque de la Pléiade », 1959）であるが、あわせて次の版を参照した。

Antoine de Saint-Exupéry, *Œuvres complètes*, t. II, Club de l'Honnête Homme, 1976.
Antoine de Saint-Exupéry, *Œuvres complètes*, t. II, édition publié sous la direction de Michel Autrand et de Michel Quesnel avec la collaboration de Paule Bounin et Françoise Gerbob, Gallimard, coll. « Bibliothèque de la Pléiade », 1999.
Antoine de Saint-Exupéry, *Pilote de guerre*, Gallimard, coll. « folio », 2015.
Antoine de Saint-Exupéry, *Flight to Arras*, translated from the French by Lewis Galantière, Martino Fine Books, 2015.

あえて旧版のプレイヤード叢書を底本としたのは、一九九九年に出た新版のサン＝テグジュペリ全集第二巻所収の『戦う操縦士』では、本来ならば大文字で書かれるべき語（二五章から二七章にかけて頻出する、本訳書では《人間》のように二重括弧で示してある語）がすべて小文字になっているためである。ただ、旧版で削除されていた箇所（四二頁の「とち狂った戦争をはじめたヒトラーも」の一文）については、新版を参照して付け加えた。

訳者はサン＝テグジュペリの専門家ではなく、「解説」の執筆にあたっては多くの研究書に助けられた。そのすべてを挙げることはできないが、サン＝テグジュペリ研究の第一人者である山崎庸一郎先生の著訳書の数々からは特に多くのことを教えられた。謦咳に接する機会はなかったものの、訳者の勤務する学習院大学で長年教鞭を取っていた山崎先生と同じ作品を今回こうして訳すことになり、不思議なご縁を感じずにはいられない。また「年譜」については、光文社古典新訳文庫に収録されているサン＝テグジュペリの作品（野崎歓訳『ちいさな王子』、二木麻里訳『夜間飛行』、渋谷豊訳『人間の大地』）に載っているものを参考にしつつ、主にカーティス・ケイト『空を耕す人――サン＝テグジュペリの生涯』（山崎庸一郎・渋沢彰訳、番町書房、一九七四年）、ステイシー・シフ『サン＝テグジュペリの生涯』（檜垣嗣子訳、新潮社、一九九七年）の記述をもとに作成した。

翻訳にあたっては、多くの方のお世話になった。友人の関口健勇氏には、サン＝テグジュペリが搭乗したブロック一七四型機の模型を作っていただいた。搭乗員の位置関係や機体の具体的な細部など、文字や写真だけではわかりにくいところを明確にイメージできたのは、この模型のおかげである。学習院大学のティエリ・マレ先生はフランス語についての疑問に答えてくださった。また、光文社翻訳編集部の小都一郎さんと今野哲男さんには、前回の『ポールとヴィルジニー』に引き続いて、企画から刊行まであらゆる面で支えていただいた。その他、本書刊行に関わった方々すべてに心から感謝を捧げたい。

鈴木雅生

二〇一八年一月

作品中に、戦争で住居を追われたフランスの人々を指して「もはや屠場を前にしたまま、疲れ果ててその場でぐずぐずしている巨大な群れがあるだけだ」という表現、また、語り手である操縦士が死を覚悟しつつ任務を遂行することについて、「なぜわれわれは揺るぎない確信を持って完全に自動化された屠場へ突っ込んでいくのか?」と語る場面があります。これらは、人々や語り手自身を家畜と見立て、死地を「屠場」にたとえた比喩表現です。ご承知のとおり、本作は著者のサン゠テグジュペリがパイロットとして第二次世界大戦に従軍し、自らの壮絶な戦争体験を基に書き上げたもので、文学的観点からもヒューマニズムの観点からも、現代に至るまで揺るぎない高い評価を得ています。

しかしながら、本作が発表された一九四二年当時のヨーロッパと現代の日本とでは食肉処理に対する理解に大きな違いがあるとはいえ、日本では「屠畜」に関わる人々は、歴史的にも社会的にも誤解と偏見に基づいた、いわれなき差別を受け続け、いまでもそれに苦しめられています。いずれの比喩も、現在の人権意識からすると明らかに差別的かつ不適切なものですが、作品の持つ歴史的・文学的価値と、著者がすでに故人であることを考慮した上で、原文に忠実に翻訳することを心がけました。決して差別の助長を意図するものでないことをご理解ください。

編集部

kobunsha classics
光文社古典新訳文庫

戦《たたか》う操縦士《そうじゅうし》

著者　サン＝テグジュペリ
訳者　鈴木雅生《すずきまさお》

2018年3月20日　初版第1刷発行
2024年10月30日　第2刷発行

発行者　三宅貴久
印刷　大日本印刷
製本　大日本印刷

発行所　株式会社光文社
〒112-8011東京都文京区音羽1-16-6
電話　03（5395）8162（編集部）
03（5395）8116（書籍販売部）
03（5395）8125（制作部）
www.kobunsha.com

落丁本・乱丁本は制作部へご連絡くだされば、お取り替えいたします。
ISBN978-4-334-75372-6 Printed in Japan

組版　新藤慶昌堂

いま、息をしている言葉で、もういちど古典を

長い年月をかけて世界中で読み継がれてきたのが古典です。奥の深い味わいある作品ばかりがそろっており、この「古典の森」に分け入ることは人生のもっとも大きな喜びであることに異論のある人はいないはずです。しかしながら、こんなに豊饒で魅力に満ちた古典を、なぜわたしたちはこれほどまで疎んじてきたのでしょうか。

ひとつには古臭い教養主義からの逃走だったのかもしれません。真面目に文学や思想を論じることは、ある種の権威化であるという思いから、その呪縛から逃れるために、教養そのものを否定しすぎてしまったのではないでしょうか。

いま、時代は大きな転換期を迎えています。まれに見るスピードで歴史が動いていくのを多くの人々が実感していると思います。

こんな時わたしたちを支え、導いてくれるものが古典なのです。「いま、息をしている言葉で」——光文社の古典新訳文庫は、さまよえる現代人の心の奥底まで届くような言葉で、古典を現代に蘇らせることを意図して創刊されました。気取らず、自由に、心の赴くままに、気軽に手に取って楽しめる古典作品を、新訳という光のもとに読者に届けていくこと。それがこの文庫の使命だとわたしたちは考えています。

このシリーズについてのご意見、ご感想、ご要望をハガキ、手紙、メール等で翻訳編集部までお寄せください。今後の企画の参考にさせていただきます。
メール　info@kotensinyaku.jp

光文社古典新訳文庫　好評既刊

未来のイヴ

ヴィリエ・ド・リラダン／高《たか》野《の》 優《ゆう》●訳

恋人に幻滅した恩人エウォルド卿のため、発明家エジソンは、魅惑の美貌に高貴な魂を具えた機械人間〈ハダリー〉を創り出すが……。アンドロイドSFの元祖。（解説・海老根龍介）

八十日間世界一周（上・下）

ヴェルヌ／高《たか》野《の》 優《ゆう》●訳

謎の紳士フォッグ氏は、八十日間あれば世界を一周できるという賭けをした。十九世紀の地球を旅する大冒険、極上のタイムリミット・サスペンスが、スピード感あふれる新訳で甦る！

地底旅行

ヴェルヌ／高《たか》野《の》 優《ゆう》●訳

謎の暗号文を苦心のすえ解読したリーデンブロック教授と甥の助手アクセル。二人はガイドのハンスと地球の中心へと旅に出る。そこで目にしたものは…。臨場感あふれる新訳。

十五少年漂流記　二年間の休暇

ヴェルヌ／鈴《すず》木《き》 雅《まさ》生《お》●訳

ニュージーランドの寄宿学校の生徒らが乗った船は南太平洋を漂流し、無人島の海岸に座礁する。過酷な環境の島で、少年たちは協力して生活基盤を築いていくが……。挿絵多数。

カンディード

ヴォルテール／斉《さい》藤《とう》 悦《よし》則《のり》●訳

楽園のような故郷を追放された若者カンディード。恩師の「すべては最善である」の教えを胸に度重なる災難に立ち向かう。「リスボン大震災に寄せる詩」を本邦初の完全訳で収録！

オペラ座の怪人

ガストン・ルルー／平《ひら》岡《おか》 敦《あつし》●訳

歌姫に寄せる怪人の狂おしいほどの愛が暴走するとき、絢爛豪華なオペラ座は惨劇の迷宮に変わる！　怪奇ミステリーとロマンスが見事に融合した二〇世紀フランス小説の傑作。

光文社古典新訳文庫　好評既刊

狭き門

ジッド／中条《ちゅうじょう》省平《しょうへい》・中条《ちゅうじょう》志穂《しほ》◉訳

美しい従姉アリサに心惹かれるジェローム。相思相愛であることは周りも認めていたが、当のアリサは煮え切らない。ノーベル賞作家ジッドの美しく悲痛なラヴ・ストーリーを新訳で。

ソヴィエト旅行記

ジッド／國分《こくぶ》俊宏《としひろ》◉訳

多くの知識人が理想郷と考えたソ連。だが実際行ってみると…。虚栄を暴き失望を綴った本篇、およびその後の痛烈な批判に答える「修正」を含む、文学者の誠実さに満ちた紀行。

法王庁の抜け穴

ジッド／三ツ堀《みつぼり》広一郎《こういちろう》◉訳

幽閉されたローマ法王を救い出そうという壮大な詐欺事件を軸に、登場人物それぞれに起こる偶然の出来事が複雑に絡み合う。時代を画したジッドの傑作「犯罪小説」。

花のノートルダム

ジュネ／中条《ちゅうじょう》省平《しょうへい》◉訳

都市の最底辺をさまよう犯罪者、同性愛者たちを神話的に描き、〈悪〉を〈聖なるもの〉に変えたジュネのデビュー作。超絶技巧の比喩を駆使した最高傑作が明解な訳文で甦る！

薔薇の奇跡

ジュネ／宇野《うの》邦一《くにいち》◉訳

監獄と少年院を舞台に、〝薔薇〟に譬えられる美しい囚人たちとジュネ自身をめぐる、暴力と肉体を描くことで聖性を発見する書。同性愛者で泥棒でもあった作家ジュネの自伝的小説。

海に住む少女

シュペルヴィエル／永田《ながた》千奈《ちな》◉訳

大海原に浮かんでは消える、不思議な町の少女の秘密を描く表題作。ほかに「ノアの箱舟」、イエス誕生に立ち合った牛を描く「飼葉桶を囲む牛とロバ」など、ユニークな短編集。

光文社古典新訳文庫　好評既刊

ひとさらい

シュペルヴィエル／永《なが》田《た》千《ち》奈《な》◉訳

貧しい親に捨てられたり放置された子供たちをさらい自らの家族を築くビグア大佐。だが、とある少女を新たに迎えて以来、彼の親心は、それとは別の感情とせめぎ合うようになり…。

オンディーヌ

ジロドゥ／二《ふた》木《き》麻《ま》里《り》◉訳

湖畔近くで暮らす漁師の養女オンディーヌは騎士ハンスと恋に落ちる。だが、彼女は人間ではなく、水の精だった──。「究極の愛」を描いたジロドゥ演劇の最高傑作。

赤と黒（上・下）

スタンダール／野《の》崎《ざき》歓《かん》◉訳

ナポレオン失脚後のフランス。貧しい家に育った青年ジュリヤン・ソレルは、金持ちへの反発と野心から、その美貌を武器に貴族のレナール夫人を誘惑するが…。

オリヴィエ・ベカイユの死／呪われた家

ゾラ傑作短篇集

ゾラ／國《こく》分《ぶ》俊《とし》宏《ひろ》◉訳

完全に意識はあるが肉体が動かず、周囲に死んだと思われた男の視点から綴る「オリヴィエ・ベカイユの死」など、稀代のストーリーテラーとしてのゾラの才能が凝縮された5篇を収録。

死霊の恋／化身

ゴーティエ恋愛奇譚集

テオフィル・ゴーティエ／永《なが》田《た》千《ち》奈《な》◉訳

血を吸う女、タイムスリップ、魂の入れ替え……。フローベールらに愛された「文学の魔術師」ゴーティエが描く、一線を越えた「妖しい恋」の物語を3篇収録。（解説・辻川慶子）

椿　姫

デュマ・フィス／永《なが》田《た》千《ち》奈《な》◉訳

真実の愛に目覚めた高級娼婦マルグリット。アルマンを愛するがゆえにくだした決断とは…。オペラ、バレエ、映画といまも愛され続けるフランス恋愛小説、不朽の名作！

光文社古典新訳文庫　好評既刊

アガタ／声
デュラス、コクトー／渡辺《わたなべ》守章《もりあき》●訳

記憶から紡いだ言葉で兄妹が〝近親相姦〟を語る『アガタ』。不在の男を相手に、電話越しに女が別れ話を語る『声』。「語り」の濃密さが鮮烈な印象を与える対話劇と独白劇。

マダム・エドワルダ／目玉の話
バタイユ／中条《ちゅうじょう》省平《しょうへい》●訳

私が出会った娼婦との戦慄に満ちた一夜の体験「マダム・エドワルダ」。球体への異様な嗜好を持つ少年と少女「目玉の話」。三島由紀夫が絶賛したエロチックな作品集。

グランド・ブルテーシュ奇譚
バルザック／宮下《みやした》志朗《しろう》●訳

妻の不貞に気づいた貴族の起こす猟奇的な事件を描いた表題作、黄金に取り憑かれた男の生涯を追う自伝的作品「ファチーノ・カーネ」など、バルザックの人間観察眼が光る短編集。

ゴリオ爺さん
バルザック／中村《なかむら》佳子《よしこ》●訳

出世の野心溢れる学生ラスティニャックが、場末の安下宿と華やかな社交界とで目撃するパリ社会の真実とは？　画期的な新訳で贈るバルザックの代表作。（解説・宮下志朗）

ラブイユーズ
バルザック／國分《こくぶ》俊宏《としひろ》●訳

収監された放蕩息子を救う金を工面すべく、母は実家の兄に援助を求めるが、そこでは美貌の家政婦が家長を籠絡し、実権を握っていたのだった……。痛快無比なピカレスク大作。

赤い橋の殺人
バルバラ／亀谷《かめや》乃里《のり》●訳

19世紀中葉のパリ。貧しい生活から一転して、社交界の中心人物となったクレマンだが、ある過去の殺人事件の真相が自宅のサロンで語られると、異様な動揺を示し始めて…。

光文社古典新訳文庫　好評既刊

消え去ったアルベルチーヌ

プルースト／高遠《たかとお》弘美《ひろみ》●訳

二十世紀最高の文学と評される『失われた時を求めて』の第六篇。著者が死の直前に大幅改編し、その遺志がもっとも生かされている〝最終版〟を本邦初訳！

失われた時を求めて　1〜6

第一篇「スワン家のほうへ　I」

プルースト／高遠《たかとお》弘美《ひろみ》●訳

深い思索と感覚的表現のみごとさで二十世紀文学の最高峰と評される大作がついに登場！豊潤な訳文で、プルーストのみずみずしい世界が甦る、個人全訳の決定版！（全十四巻）

孤独な散歩者の夢想

ルソー／永田《ながた》千奈《ちな》●訳

晩年、孤独を強いられたルソーが、日々の散歩のなかで浮かび上がる想念や印象をもとに、自らの生涯を省みながら自己との対話を綴った10の〝哲学エッセイ〟。（解説・中山 元）

狂気の愛

ブルトン／海老坂《えびさか》武《たけし》●訳

難解で詩的な表現をとりながら、美とエロス、美的感動と愛の感動を結びつけていく思考実験。シュールレアリスムの中心的存在、ブルトンの伝説の傑作が甦った！

マノン・レスコー

プレヴォ／野崎《のざき》歓《かん》●訳

美少女マノンと駆け落ちした良家の子弟デ・グリュ。しかしマノンが他の男と通じていることを知り…。愛しあいながらも、破滅の道を歩んでしまう二人を描いた不滅の恋愛悲劇。

感情教育（上・下）

フローベール／太田《おおた》浩一《こういち》●訳

二月革命前夜の19世紀パリ。人妻への一途な想いと高級娼婦との官能的恋愛の間で揺れる優柔不断な青年フレデリック。多感で夢見がちに生きる青年の姿を激動する時代と共に描いた傑作長篇。

光文社古典新訳文庫　好評既刊

カルメン／タマンゴ

メリメ／工藤《くどう》 庸子《ようこ》◉訳

カルメンの虜となり、嫉妬に狂う純情な青年ドン・ホセ。男と女の愛と死を描いた「カルメン」。黒人奴隷貿易の舞台、奴隷船を襲った惨劇を描いた「タマンゴ」。傑作中編2作。

女の一生

モーパッサン／永田《なが》《た》 千奈《ちな》◉訳

男爵家の一人娘に生まれ何不自由なく育ったジャンヌ。彼女にとって夢が次々と実現していくのが人生であるはずだったのだが…。過酷な現実を生きる女性をリアルに描いた傑作。

脂肪の塊／ロンドリ姉妹

モーパッサン傑作選

モーパッサン／太田《おおた》 浩一《こういち》◉訳

人間のもつ醜いエゴイズム、好色さを描いた「脂肪の塊」と、イタリア旅行で出会った娘との思い出を綴った「ロンドリ姉妹」。ほか初期作品から選んだ中・短篇集第1弾。（全10篇）

宝石／遺産

モーパッサン傑作選

モーパッサン／太田《おおた》 浩一《こういち》◉訳

残された宝石類からやりくり上手の妻の秘密を知ることになる「宝石」。伯母の莫大な遺産相続の条件である子どもに恵まれない親子と夫婦を描く「遺産」など、傑作6篇を収録。

オルラ／オリーヴ園

モーパッサン傑作選

モーパッサン／太田《おおた》 浩一《こういち》◉訳

見えない存在に怯え、妄想と狂気に呑み込まれていく男の日記「オルラ」。穏やかに過ごす老司祭の、直視し難い過去との対峙を描く「オリーヴ園」など、後期の傑作8篇を収録。

死刑囚最後の日

ユゴー／小倉《おぐら》 孝誠《こうせい》◉訳

処刑を控えた独房での日々から、断頭台に上がる直前までの主人公の、喘ぐような息づかいと押しつぶされるような絶望感をリアルに描く。文豪ユゴー、27歳の画期的小説。